講談社文庫

ラフ・アンド・タフ

馳 星周

講談社

ラフ・アンド・タフ

1

「賞金稼ぎってカッコよくね？」

なんとなく頭に浮かんだ言葉をおれは口にした。

「いいっすね」

浩次郎《こうじろう》が気のない返事をした。おれは浩次郎の横っ面を張り飛ばした。浩次郎が椅子ごと倒れて埃《ほこり》が舞い上がった。真っ昼間のポーカーゲーム喫茶にはおれたちしかいなかった。

「いきなりなにすんすか」

浩次郎が頬を押さえながら立ち上がった。目尻に涙が溜まっている。

「生返事するからだよ。文句あんのか？」

おれは煙草をくわえ、ジッポで火をつけた。

「文句なんかないけど、もうちょっと手加減してくれてもいいじゃないっすか」

「そんな言葉はおれの辞書には載ってねえ」

「辞書に載せる言葉、もう少し増やしたほうがよくないっすか」

ああ言えばこう言う。生意気な野郎だ。おれは浩次郎の目の前でジッポを手の中に握りこんだ。

「ちょ、ちょっと待ってくださいよ」浩次郎が飛び退《の》いた。「ケンちゃんのパンチ、ただでさえ効くのに、そんなの握ったら反則っすよ」

ジッポの表面は手の脂でべたついていた。腰を上げて二、三歩動けばパンチは叩《たた》きこめる。でも、もうその気は失《う》せていた。火をつけたばかりの煙草を指先ではじく。煙草は浩次郎の顔に当たった。

「熱っ。やめてくださいよ」

浩次郎の目が泳いでいる。おれの気分を探ろうと必死なのだ。

「賞金稼ぎになる方法、考えろよ」

「そんなこと言われたって……日本には賞金稼ぎなんて仕事ないっすよ。あれはアメリカの話で」

「私立探偵ってのはちょっと違うのか？」

「違います」

浩次郎が断言した。こいつにしては珍しい。

「どう違うのか説明してみろよ──」

店の奥からマスターが出てきた。

「また浩次郎を苛《いじ》めてるのか、ケン」

「違いますよ」おれは慌てて首を振った。「私立探偵と賞金稼ぎの違いを説明しろって言ってただけで……」

「賞金稼ぎ？」

マスターは針の穴みたいな小さい目でおれを睨《にら》んだ。目だけじゃない。鼻の穴も口もみんな小さいのだ。そのくせ、顔だけは馬鹿みたいにでかい。口の悪い客は陰でフランケンシュタインと呼んでいるが、それがマスターの耳に入ったらとんでもないことになる。

「そう。賞金稼ぎってなんかカッコいいじゃないっすか」

「でも、日本に賞金稼ぎなんていないっすよね」

浩次郎が言った。おれが睨むとすぐに口を閉じた。

「あるぜ、賞金稼ぎ」

マスターは言って、煙草をくわえた。おれはジッポを鳴らして火をつけてやった。

「マジ？」

「成瀬《なるせ》に話を聞いてみればいい」

おれは乱暴にジッポの蓋《ふた》を閉じた。成瀬っていうのは闇金業者だ。おれはヤクザと闇金が大嫌いだった。

「なりてえんだろ、賞金稼ぎに？」

マスターが小さな口から煙を吐き出した。人の口から出た『賞金稼ぎ』という言葉は自分で口にするのとは違っていた。ぴかぴかに輝いているみたいだ。手の脂でぎとぎとになる前の、手に入れたばかりのジッポみたいに。

「成瀬さん、事務所にいますかね」

気がつくと、おれはそう言っていた。

2

借金を抱えたまま夜逃げした連中を見つけてふん捕まえてくる。要するにそれが成瀬の言う賞金稼ぎの仕事だった。報酬は捕まえてきた人間が成瀬の闇金から借りた元本の一割。

成瀬にパシリ扱いされるのはむかつくが、なるほど、賞金稼ぎであることに変わりはない。アメリカの賞金稼ぎは賞金がかかった犯罪者を捕まえる。おれたちは夜逃げ野郎どもを捕まえる。

成瀬の話を聞いた途端、おれは賞金稼ぎになる決意を固めた。浩次郎も一緒だ。

「なんでおれまで……」

ステアリングをまわしながら浩次郎が呟《つぶや》いた。おれはその横っ面を張った。車が蛇行する。おれはダッシュボードに両手をついた。

「馬鹿野郎。運転もまともにできねえのか、てめえは」

「ケンちゃんがいきなり殴るからじゃないっすか」

「殴られたって運転はちゃんとしろ。死んじまうだろう」

浩次郎の脇腹に拳を軽くぶつけてやる。それだけで車はさらに激しく蛇行した。

「マジで運転しねえとマジぶっ殺すぞ」

おれは囁《ささや》いた。蛇行が止まった。やればできるのだ。とことんまで追い詰めないとやる気になれないっていうだけの話だった。

「痛いっす」

浩次郎は半分泣いていた。

「手加減してやってんのに痛いわけねえだろう。もうそろそろなんじゃねえか？」

車は港近くのだだっ広い道路を走っていた。南には太平洋が広がり、北側には錆《さび》の浮いた倉庫が並んでいる。東の空が白んでいた。もうすぐ夜が明ける。

真夜中のうちに出かけるつもりだった。だが、一杯だけのつもりで飲んだビールのジョッキが二杯になり、三杯になり、気がつけばビールが焼酎に替わっていておれは昏倒した。酒はそんなに強い方じゃない。揺り起こされてむかっ腹がたち、浩次郎の頬を張り飛ばしたのが午前四時。大慌てで車に飛び乗った。

「この辺りっすよね。どっかに廃車置き場があるはずなんすけど」

おれたちは隣の市まで足を伸ばしていた。市と言ったって、おれがムショに入る前は小さな町だった。隣近所のいくつかの町や村が合併して市になったのだが、目に入ってくる光景は相変わらずしけている。港湾と漁業以外に仕事のない寂れた地域なのだ。

「あれじゃないすかね、ケンちゃん」

浩次郎が前方を指さした。倉庫が建ち並ぶその先に、小さな山みたいなのが見えた。目を凝《こ》らすと廃車がうずたかく積み上げられているのがわかった。

「あれだな」

おれが言うと、浩次郎が顎《あご》を引き締めた。緊張している。相変わらず度胸がない。普段は粋がっているくせに、いざとなるとクソを漏らしそうになる。それが浩次郎だ。

「おれに任せとけばいいんだよ」

おれは浩次郎の肩を叩いた。

「あ、はい」

車のスピードがあがった。廃車の山が見る間に近づいてくる。廃車の山の周りにはもっとたくさんの廃車が転がっていて、そいつらを従えてるみたいにクレーン車が一台空に向かって伸び上がっていた。

「あのプレハブだな」

おれはクレーン車の後ろにあるプレハブ小屋を見つめた。そこに高松《たかまつ》という男がいるはずだった。

賞金稼ぎになると決めた時から、おれは知り合いという知り合いに電話をかけた。

そしてこう言ったのだ。

「借金取りから逃げ回っているようなやつを知ってたらなんでもいいから連絡をよこ

せ」

翌日、この町の港で働いている中学からのダチ公が電話を寄こした。港近くの廃車置き場のプレハブ小屋で、従業員たちが帰ったあとに勝手に寝泊まりしている男がいる。ダチ公はそう言った。

ただのホームレスかもしれない。だから、ダチ公にその男の写真を撮らせた。便利な時代だ。すぐにメールで写真が送られてくる。それを成瀬に見せたら高松だと断言した。二ヵ月前に夜逃げして成瀬からの借金をばっくれた男だ。

廃車置き場は朝の八時半に人がやってきて夕方の五時半には誰もいなくなる。高松は人気のなくなった時間を見計らってプレハブ小屋に侵入しているらしい。

「おい、スピード落としてヘッドライトを消せ」

「了解」

浩次郎がうわずった声で応じた。車のスピードが極端に落ちた。

「そこで止めろ」

おれは廃車置き場の入口近くに車を停めさせた。グラブボックスから懐中電灯と特殊警棒を取り出す。車から降りて警棒を腰に差した。懐中電灯で足もとを照らすと、浩次郎が隣にやって来た。

「大丈夫っすかね？」

「どうってことねえよ。怖かったら車の中で待ってろよ」

「一緒に行きますよ。おれたち賞金稼ぎなんすから」

おれは肩を竦《すく》め、歩き出した。あちこちに車の部品が落ちていて気をつけなければ音を立ててしまいそうだ。案の定、浩次郎がなにかを蹴飛ばして派手な音が響き渡った。

「気をつけろ、馬鹿野郎」

おれは浩次郎にヘッドロックをかけ、鼻っ柱に拳を叩き入れた。鼻血が飛び散る。ヘッドロックを解くと浩次郎は両手で口と鼻を押さえて呻《うめ》いた。声を出しちゃならないということは心得ているらしい。

おれは浩次郎をその場に残して先を急いだ。さっきの音を聞かれているかもしれない。ここで逃げられたら間抜けもいいところだ。

空が明るくなりつつあった。水平線のあたりがオレンジ色に染まっている。酒さえ飲まなければ今頃はすべてを終わらせて、ソープにでも行っていたはずだ。時々、自分のことが心底嫌になる。

プレハブ小屋に近づくと鼾《いびき》が聞こえてきた。高松はさっきの音にも気づかず眠りこけているらしい。ドアには鍵がかかっていた。よく見ると南側の窓のひとつが割れ、そこを新聞紙で覆っている。高松はそこから中に入り込むのだろう。新聞紙はすぐに外れた。窓には鍵がかかっていなかった。

窓を開けて中に入る。懐中電灯で部屋の中を照らした。鼾が途切れることはない。

おれは靴の爪先で高松の脇腹を蹴った。高松は床の上で大の字になっていた。冬なら凍えてしまうだろうが、この季節なら真っ裸で寝たところで屁《へ》でもない。

鼾が止まった。高松の顔がひくついた。

もう一度蹴った。今度は少し力を入れて。

高松の目が開いた。最初は驚いているみたいだったが、そのうち、顔が苦痛に歪《ゆが》みはじめた。

「高松だな？」

おれはもう一度脇腹を蹴った。高松がのたうちまわった。二発目の蹴りは手応えがあった。もしかすると肋骨《ろっこつ》を折ってしまったかもしれない。おれが履いているのはスニーカーだが、そんじょそこらのスニーカーとはわけが違う。安全靴のように爪先が硬い鉄板で覆われているのだ。靴の安売り店で見つけたおれのお気に入りだ。

「高松だろう？　返事しねえともう一発食らわすぞ」

「ち、違う」高松は腹言《はらば》いになった。「高松なんて知らねえよ」

「とぼけてんじゃねえよ、こら」

おれは高松を蹴った。今度は脇腹じゃなく、頰に爪先をめり込ませてやった。高松は血と折れた歯を吐き出しながら真横に倒れた。

「高松だろう？　これ以上痛い目に遭いたくなかったら正直に答えた方がいいぞ」

高松は顔をしかめ、蹴られた頰を手で押さえた。身体が細かく震えている。

「どうなんだよ？」

「わ、わたしが高松です。もう、蹴るのはやめてください」

「最初から正直に答えてりゃよかったんだよ」

おれは襟首《えりくび》を摑《つか》んで高松を立たせた。

「ど、どなたです？」

「賞金稼ぎだよ。行くぞ」

「い、行くってどこへ？」

「寝ぼけたこと言ってんじゃねえぞ。てめえ、借金踏み倒しただろうが。詫《わ》び入れにいくんだよ」

「勘弁してください」

高松がしがみついてきた。おれはその横っ面をひっぱたいた。

「てめえもいいおっさんだろう。自分のケツは自分で拭くんだ。それぐらい常識だろうが」

おれは襟首を摑んだまま高松を引きずった。ドアの鍵を開けて外に出る。日が昇っていた。斜めに射し込んでくる陽射しがまぶしくておれは目を細めた。

いきなり高松が走り出した。隙《すき》をうかがっていたらしい。おれは舌打ちし、腰に差していた警棒を抜いた。警棒を伸ばし、ブーメランみたいに回転させながら高松の足を狙って投げた。

勉強はだめだが身体を動かすことなら自信がある。野球部じゃエースで四番だったし、助っ人で参加するサッカー部の試合じゃセンターフォワードだった。真面目にやればプロ野球選手も夢じゃないと顧問の教師が太鼓判を押してくれたほどだ。

だが、おれは頭が悪すぎ、短気すぎた。頭に来るとすぐに手が出てしまうのだ。中学二年の時、うざい上級生五人を病院送りにして退部になった。その瞬間、おれの輝かしい未来は閉ざされたのだ。

警棒は狙いどおりに高松の足に当たった。高松はつんのめり、バランスを崩して派手に転んだ。

「ったく。クズが」

おれは大股で近づき、高松の尻を蹴り上げた。

「往生際《おうじょうぎわ》が悪いんだよ」

「勘弁してください。仕事馘《くび》になって、女房子供にも逃げられて、ごらんの通りなんです。金なんて一銭も——」

「そんなことはおれじゃなくて金を借りた相手に言えよ」

「そこをなんとか——」

「うるせえなあ」

おれは左の拳を高松の腹に叩き込んだ。高松の身体がくの字に折れた。その顔に膝蹴りをかます。高松は今度はのけぞって倒れた。おれは高松に馬乗りになった。左右のパンチを繰り出す。高松の顔が見る間に腫《は》れていった。

おれの頭の中には氷の塊ができている。いつもそうなのだ。なにかが頭に来る。すると、手品かなにかみたいに頭の奥に氷の塊が現れるのだ。冷たく固く、おれの思考を奪い取る。その氷を溶かすには目の前にいる人間をぶちのめさなけりゃならない。パンチや蹴りを繰り出しているうちに少しずつ溶けていくのだ。

「ケンちゃん、だめっす。まずいっす」

だれかが抱きついてきて、おれはそいつと一緒に地面に転がった。浩次郎だった。

「どけ」

おれは叫んだ。

「相手、もう気絶してますよ。これ以上は無駄っす」

「どけ」

「今度殺しちまったら、爺さんになるまでムショから出てこられないって、ケンちゃん。しっかりしろよ」

浩次郎のため口がむかついた。浩次郎にむかついたら、高松に対する怒りが消えた。氷も綺麗さっぱり溶けてしまった。

「なにため口きいてんだよ、おめえ」

おれは浩次郎の額を軽く小突いて身体を起こした。

「いてえなあ。ほんと、ケンちゃんは乱暴なんだから」

「仕方ねえだろう」

おれは高松を覗《のぞ》きこんだ。浩次郎の言うとおり気絶している。顔はどす黒く腫れ上がり、キャッチャーミットみたいになっていた。

＊＊＊

成瀬の使いっぱたちが高松をどこかに連れて行った。高松は怯《おび》えた目を向けてきたがおれは無視した。借金を踏み倒すようなやつはなにをされたって文句は言えない。高松だってそれはわかっていたはずだ。

「ご苦労だったな」

成瀬が万札を二枚、鰐革《わにがわ》の財布から引っ張り出した。

「なんすか、それ？」

おれは訊《き》いた。

「今日のギャラだよ。やつがうちから借りた金は二十万だ。その一割で二万。約束したとおりだろうが」

おれは万札を睨んだ。

「あのクソ野郎、たった二十万の借金を踏み倒そうとしたんすか？」

「二十万は元本だ。利子が膨らんでるから、やつの返済金額はその十倍以上になってるがな」

「返済金額の一割ってことになりませんか、成瀬さん」

「ならねえよ。なるわけねえだろう」

成瀬は顔をしかめた。

「だけど、これだけ苦労してギャラがたったの二万ってのは——」

「いやならやめろ。こっちは一向にかまわないんだぜ」

おれは舌打ちをこらえ、万札を受け取った。

「でかい借金してばっくれたやつ、教えてくださいよ」

「うちは細々と営業してるからな。金を借りに来るのも十万、二十万って連中ばかりだ」

つまり、数をこなせってことだ。

おれは成瀬に頭を下げ、闇金の事務所を出た。浩次郎が外で待っている。

「ケンちゃん、どうだった？」

間抜け丸出しの笑顔で近づいてくる浩次郎の腹に、おれは拳をめり込ませた。浩次郎は身体をふたつに折り、胃液を吐き出した。

賞金稼ぎで飯を食おうと思ったら、月に二十人ぐらいとっ捕まえてこなけりゃならない。頭の悪いおれにでもわかる。そんなのは無理だ。週にひとり捕まえられればめっけもんなのだ。

「なにが賞金稼ぎだ、馬鹿野郎」

おれは浩次郎を蹴った。浩次郎はアスファルトの上を這っておれから逃げようとしていた。

「逃げるんじゃねえ」

今度は浩次郎のケツに爪先をめり込ませる。浩次郎はケツを押さえて飛び上がった。

「やめてよ、ケンちゃん」

「うるせえ。全部てめえのせいだからな」

おれは右の拳を浩次郎の頬に叩きつけた。浩次郎は丸太ん棒のように身体を硬直させて地面に倒れた。

完全に気を失っている。

「くそ」

おれは浩次郎を背負い、駐車場まで歩いた。

3

一ヵ月で八万円。それが賞金稼ぎで得た金だった。

「ケンちゃん、どうするんすか？　これじゃ、家賃払ったらなんにもできないっすよ」

「うるせえ」

おれは右手を振った。頬を張り飛ばしてやるつもりだった。だが、生意気にも浩次郎はおれの張り手をかわした。

「なんで逃げるんだよ、てめえ」

おれはすかさず浩次郎にヘッドロックをし、拳で頭頂部を何度も小突いた。浩次郎はされるがままになっていた。おとなしくしていればおれの怒りがすぐに消えるとわかっている。抗《あらが》ったり暴れたりするから火に油を注ぐのだ。

「つまんねえ野郎だな」

おれは舌打ちしながら浩次郎を解放した。煙草をくわえ、ジッポで火をつける。最後の一本だった。煙草を買う金にも往生しているのが今のおれたちだ。

「マジ、これからどうするんすか？　賞金稼ぎ、続けるんすか？」

「他に仕事があるのかよ」

おれも浩次郎も中卒で札付きのワルだ。頭が悪いから考えるのが面倒くさくてとりあえず手を出す、足を出す。浩次郎は少年院にしか行ったことがないが、おれはムショにぶち込まれていた。まともな働き口が見つかるわけもない。

ヤクザになるか、ヤクザのパシリになるか。どちらもごめんだ。

「もっとでかい借金こさえてるやついねえのかな」

おれは呟いた。この一ヵ月で捕まえたのは三人。一番大きい借金をしているやつがたったの四十万だ。

「成瀬さんのとこの闇金、基本は百万までしか貸さないらしいっすよ」

百万なら、おれたちの懐に入るのは十万。それにしたって、週にひとりは捕まえないと食っていくのも難しい。

「待てよ」おれは煙草のフィルターを強く噛《か》んだ。「今、基本っつったな？　例外もあるのか？」

「そりゃ、なんにだって例外はあるんじゃないっすか」

「一千万ぐらい借りて逃げたやつ、いるか？」

「それはないっすよ。成瀬さんとこで例外ったら、せいぜい二、三百万じゃないかな。一発ででかい稼ぎしたいんだったら、成瀬さんの上んところで仕事もらわないと」

成瀬の上というのは本物のヤクザということだ。冗談じゃない。

「ねえ、ケンちゃん、マジどうするつもりっすか？」

「とりあえず、だれか捕まえて飯奢《おご》ってもらおうぜ」

おれは言い、煙草を吐き捨てた。

＊　＊　＊

繁華街で拓郎《たくろう》を見つけた。名字は思い出せない。山田だか田中だか佐藤だか……とにかく、拓郎は拓郎だ。拓郎の兄貴がおれの中学の同級生で、おれとタメをはるぐらいのワルだった。名前はヨーイチだ。どんな字だったかは覚えちゃいない。ヨーイチはおれよりほんの少しだけ成績がよかった。だから、県内でも名うてのワルが集まる高校に進学してワルに磨きをかけていた。噂《うわさ》じゃ高校を出た後のヨーイチはシャブを食いすぎて廃人同然になり、どこかの施設にぶち込まれているという。

拓郎は本当にヨーイチと血が繋《つな》がっているのかと思えるぐらいできの悪い弟で、腕っ節も度胸もからっきしだった。だが、ヨーイチの七光りというやつでこの町で調子をぶっこいていた。おれはそういうやつが嫌いだ。だから、拓郎を目にするたびに胸くそが悪くなり、何度も礼儀を教えてやったもんだ。

「ケ、ケンちゃん……」

拓郎はおれを見るなり逃げようとした。浩次郎が拓郎を捕まえる。このあたりはあうんの呼吸ってやつだ。おれも浩次郎も目眩《めまい》がしそうなぐらい腹が減っている。拓郎はカモだ。カモを逃がしてなるものか。

「久しぶりだな、拓郎。ヨーイチは元気か？」

「な、なんとか元気でやってるみたいです」

「そうか、そりゃめでたいな。ヨーイチのために祝おうぜ」

「い、祝う？」

「焼肉でも食ってよ、ビールやチューハイ飲んで祝ってやるんだよ。拓郎、金持ってんだろう？」

「いや、おれ、持ってないっす」

「嘘《うそ》ついちゃだめだよ、拓郎君」

浩次郎が猫撫《ねこな》で声を出し、拓郎のジーンズのポケットから財布を引っ張り出した。

「あ、なにするんすか」

「チェックだよ、所持金チェック」

おれは浩次郎とバトンタッチして拓郎の首根っこを押さえつけた。

「しけてんな」

浩次郎が財布の中を覗き、舌打ちした。

「いくらある？」

「五千円札が一枚だけっす。あとは小銭」

「拓郎、おまえ、舐《な》めてんのか？」

おれは拓郎を睨んだ。

「な、舐めてなんかいません。勘弁してください」

「兄貴のことを祝おうってのに、五千円？　あん？　舐めてんだろう。な、浩次郎。間違いなく舐めてるよな」

「舐めてないみたいっす」

予想外の返事が来た。浩次郎は拓郎の財布からクレジットカードを抜き出してにやりと笑った。

「あのカード、使えるのかよ？」

拓郎が生唾《なまつば》を飲みこんだ。使えるということだ。

「よっしゃ。じゃあ、来光苑《らいこうえん》に行こうぜ」

おれと浩次郎で拓郎をサンドイッチにした。拓郎はどうあがいても逃げられない。

「あ、あの。来光苑じゃなくって、牛角《ぎゅうかく》じゃだめっすか？」

「馬鹿野郎。おまえの兄貴を祝うんだぞ。来光苑の特上カルビじゃねえとヨーイチががっかりするだろうが」

おれは拓郎の脇腹に拳を強く押し当てた。拓郎の目の奥を諦めの色がよぎっていった。

＊　＊

特上カルビ、特上ロース、特上タン塩、レバーにミノ、テッチャン。おれと浩次郎は馬鹿みたいに食った。食って食って食いまくった。拓郎の箸が肉に伸びようとすると浩次郎が邪魔をした。拓郎の箸が宙をさまよっている間におれがその肉をいただく。

拓郎はしょうがなく焼き野菜を食べていた。焼肉屋で野菜を食うやつの気が知れない。おれが食うのは肉を巻くサンチュとキムチぐらいだ。

大量の肉と生ビールを大ジョッキ二杯、チューハイを中ジョッキ三杯でやっとおれの空腹も満たされた。満腹だと感じた途端、眠気が襲いかかってきた。酒に弱いのなら飲まなければいい。だが、おれは生まれついての見栄っ張りで、人に酒が弱いと指摘されるのがなにより嫌なのだ。

「で、拓郎は今、なにやってんの？」

浩次郎が拓郎と世間話をしているのをおれはかろうじて聞いていた。

「渡部《わたなべ》さんの手伝いとか」

「渡部って、遠山《とおやま》興業の渡部？」

浩次郎が口にしたのは成瀬がケツ持ちをしてもらっている組の名前だった。

「その渡部さんっす。兄貴が世話になってたもんで、その流れでおれも……」

「おまえ、盃《さかずき》もらってんのかよ？」

「まさか——」拓郎が大袈裟《おおげさ》に首を振った。「本物のヤクザになんか、おれ、なれませんよ」

「そりゃ、そうだけど……ヤクザのパシリなんかやってて、おもしれえことでもあんの？」

「全然。でも、おれ、頭悪いし、中卒だし——」

「おれのこと言ってんのか、拓郎?」

おれは重い瞼《まぶた》を開いて拓郎を睨んだ。なんだかむかっ腹が立つ。

「違います、違います。おれのことです。それに、兄貴があぁだし、まともな職になんか就《つ》けっこないし……」

「こいつ、やっぱりおれのこと言ってんじゃねえのか、浩次郎」

「ケンちゃんは寝てていいから。ね。お腹いっぱいでいい気分で酔ってるんでしょ。寝てた方がいいって。無理に起きてると機嫌が悪くなるんだから」

浩次郎の言い分には納得できた。眠いのを我慢していると機嫌が悪くなるのはおれだけじゃない。

「美味しい話とかねえのかよ、拓郎」

「あるわけないじゃないっすか。ケンちゃんたちはなにやってるんですか?」

「おれたちは賞金稼ぎだ」

おれは言った。

「賞金稼ぎ?」

「いいからケンちゃんは寝てなって。そう、賞金稼ぎ」

浩次郎が拓郎に賞金稼ぎの内容を説明しはじめた。おれは目を閉じ、眠りの世界に落ちていく。

「マジ?」

寝たと思ったら、浩次郎の素《す》っ頓狂《とんきょう》な声で叩き起こされた。

「やかましい」

おれは手近にあったものを摑み、浩次郎に投げつけた。ビールの大ジョッキだった。ジョッキは浩次郎の側頭部に命中し、跳ね上がって落ちた。浩次郎は一言も発せずに真横に倒れた。

酔いが一気に醒《さ》めた。この気絶の仕方はまずい。間違いなく脳震盪《のうしんとう》を起こしている。

「おい、浩次郎」

おれは這って浩次郎のところへ行った。浩次郎を揺さぶる。浩次郎はこめかみと鼻から出血していた。

「ケンちゃん、これ、まずいんじゃないですか?」

拓郎が目を白黒させている。

「冷たいおしぼりもらってこい」

「は、はい」

浩次郎を揺さぶった。瞼を引っ張り上げてみると、白目しか見えなかった。

「冗談じゃねえぞ、おい」

おれは人を殴り殺してしまったことがある。それでムショに入っていたのだ。浩次郎の様子はその時死んでしまった男とそっくりだった。

「ケンちゃん、おしぼりっす」

拓郎が冷えたおしぼりを持ってきた。おれはそれを浩次郎のうなじに押し当てた。

「おい、浩次郎、起きろ」

浩次郎の瞼がひくついた。おれは頰を張った。

「浩次郎、しっかりしろって。このまま調子ぶっこいてっと、本当にぶっ殺すぞ」

浩次郎が目を開けた。ピントが合っていない感じだった。それでも意識は取り戻したのだ。

「大丈夫か？」

「ケンちゃんがふたりいるっす」

浩次郎が言った。もう大丈夫だ。

「脳震盪起こしてるんだよ。少し横になってれば大丈夫だ」

「救急車呼んだ方がよくないですか」

拓郎が言った。おれはその頰を張り飛ばした。

「おれら、保険ねえんだよ。てめえが金出すか？」

拓郎は頰を押さえながら俯《うつむ》いた。

「ここの勘定払っておけ。しばらくしたら、こいつ担いで帰るぞ」

「担ぐって、だれがですか？」

「おまえに決まってるだろうが」

おれは手を振り上げた。拓郎が怯えた目で首を竦めた。おれは舌打ちし、手を下ろした。浩次郎の鼻血が頰に流れていく。おしぼりで拭《ぬぐ》ってやった。

「ありがとう、ケンちゃん」

浩次郎が言った。呂律《ろれつ》がおかしかった。目には力がなく、相変わらずピントが合っていない。

「なにも喋《しゃべ》るな。少し休んだら帰るぞ。いいな？」

浩次郎はうなずき、目を閉じた。拓郎がまだそばにいた。

「なにやってんだよ、てめえは。早く勘定済ませてこいや」

拓郎が逃げるようにレジに向かっていった。浩次郎の手を取り、脈を診《み》る。脈拍は正常だった。おれはそっと息を吐き出した。

4

一晩寝たら、浩次郎はいつもの浩次郎に戻っていた。

「ケンちゃん、昨日、おれのこと殴りました？」

トイレから戻ってきた浩次郎は濡らしたタオルで頭を押さえていた。鼻の穴に乾いた血がこびりついている。

「ました？　昨日のこと覚えてないのか？」

ソファでだらしなく寝ている拓郎が鼾を掻いた。拓郎は浩次郎を背負って、この部屋に来ると、そのまま眠ってしまったのだ。

「焼肉屋行ったのは覚えてるんですけど、その後のことは綺麗さっぱり抜けてるんすよね。そんなに飲んだかな」

拓郎がまた鼾を掻いた。おれは拓郎の頭を小突いた。

「てっ」

拓郎が頭を押さえて飛び起きた。

「やかましいんだよ、鼾が。静かに寝てられねえのか」

おれは拓郎を睨んだ。こいつの鼾なんか可愛いものだったが、浩次郎の話題から逃げたかったのだ。

「す、すんません」

拓郎がソファから下りて直立した。ロボットのような仕草で腰を曲げる。

「だいたい、人んちに勝手に上がり込んで勝手に寝るってのはどういう了見だ」

「勝手にって、おれは浩次郎さんを背負って──」

おれは拓郎の頬を張った。容赦のない一撃ってやつだ。拓郎はソファに向かって吹っ飛び、ソファを薙《な》ぎ倒して床に転がった。

「口答えしてんじゃねえ」

「ケンちゃん、手加減してやらないと死んじゃうってば。それに、ここおれの部屋なんだから。後片付け大変なんすよ、ケンちゃんが暴れたあとはいつも」

浩次郎は喋っている間、何度も顔をしかめた。

「おまえ、ゆうべ、酔っぱらって派手に転んだんだよ。そんとき、頭打ったんだな。かなり痛がってたから、この馬鹿に背負わせたんだ。見せてみろ」

ジョッキが直撃した辺りが腫れているのがわかった。指先でつついてみると腐った果物のような感触だった。

「酔って転んだ？　全然記憶にないっす」

浩次郎はきょとんとした顔をした。

「そうだよな？」

おれは拓郎に顔を向けた。拓郎は怯えた顔をしてうなずいた。

「そうです。浩次郎さん、酔って転んで電柱に頭ぶつけたんです」

「そうなのか……おれはてっきり、悪酔いしたケンちゃんに殴られたのかと思ったんだけど」

「そんなことより、朝飯食おうぜ。おい、拓郎、なんか買ってこいや。朝マックがいいな。ソーセージマフィンだ」

「昨日の焼肉もおれが払ったのに――」

拓郎が急に口をつぐんだ。おれが拳を握ったのに気づいたからだ。

「行ってきます」

拓郎は逃げるように部屋を出て行った。

「おれ、牛丼がよかったな」

浩次郎が言った。

「朝から牛丼かよ。浩次郎、おれらもういい年なんだからよ……」

今度はおれが口をつぐんだ。浩次郎の鼻から真っ赤な血が流れ落ちているのに気づいたからだった。

＊　＊　＊

「賞金稼ぎしてるって、昨日言ってましたよね？」

マフィンを頬張りながら拓郎が言った。

「それがなんだってんだよ」

おれは機嫌が悪かった。浩次郎の鼻血が気になってしかたがない。金があればすぐにでも病院に連れて行くのに、おれたちはすかんぴんだ。

「仕事になりそうな話があるんですけど」

おれは口の中のものをコーラで一気に胃に送り込んだ。

「詳しく話してみろ。ってか、なんで昨日話さなかったんだ、こら」

「それは浩次郎さんが——」

「そうか、そうか、そうだったな。浩次郎のやつが転んで、それでうやむやになったんだ」

額に噴き出た冷や汗を拭った。

「そんな話してましたっけ？」

浩次郎が首をかしげた。焼肉屋でのことはほとんど記憶から飛んでいるらしい。

「仕事になりそうってのはどういうことだ？」

おれは拓郎を促《うなが》した。焼肉屋でのできごとにはもう触れたくない。

「渡部さんがケツ持ちしてる金貸しに藤田《ふじた》ってのがいるんですけど、だれか、取りっぱぐれてる金を回収してくれないかってこないだ愚痴《ぐち》ってるのを聞きました」

「取りっぱぐれてるって、いくらだ？」

「三百万って言ってたかなあ」

「三百！」浩次郎がマフィンのかけらを吐き出しながら叫んだ。「ケンちゃん、やろうよ、賞金稼ぎ。上手くいったら三十万だよ、三十万」

喉から手が出そうだった。おれは生唾を飲みこんだ。今までの仕事とは桁《けた》が違う。

「詳しい話、聞かせろよ」

「金を借りたのは風俗嬢だって話で。稼ぎがいいから返済も大丈夫だろうって、最初、百万貸したらしいんですよ。その百万、すぐに利子つけて返済されて、しばらくしたら今度は三百万貸してくれって。藤田さん、信用しちゃって貸したらドロンだそうです」

「そんな簡単な手に……」

浩次郎が呟くように言った。

「藤田さんってどこか抜けてるんすよ。それでいつも渡部さんに叱られてるから。その三百万、早く回収しないと自腹切ることになるらしいんすよね」

「でも、ドロンしたんじゃ、探しようがないっすね。ちきしょう」

浩次郎はそう言って、またマフィンを頬張った。

「その風俗嬢、綺麗なのか？」

「顔は中の上ってとこらしいです。でも、テクが凄いって評判で売れっ子だったらしいっすよ」

「写真あるか？」

おれは訊いた。

「手元にはないっすけど……その女が勤めてた店に行けばあるんじゃないっすか。ほら、店の入口に貼ってあるじゃないっすか」

「よし、行くぞ」

おれは立ち上がった。

「ケンちゃん、なにはりきってんの？　どこに行ったかもわからない女なんて探せないでしょ」

「考えがあるんだよ。いいからついてこい」

おれは浩次郎の背中をどやした。

「ちょっと。頭に響くからやめてよ、ケンちゃん」

「あ、悪い、悪い。いつものくせで、ついな。これから気をつける」

浩次郎が振り返った。幽霊でも見ているような目をおれに向けた。

「なんだよ？」

「ケンちゃんがそんなこと言うなんて……普通なら、やかましいって拳骨が飛んでくるところなのに」

「金だよ、金。金のこと考えると気分がいいんだ」

おれは慌ててそう言った。

＊＊＊

確かに中の上だ。写真の中の女は上玉と言ってもいいが、この手の店の営業写真は九割九分修整が入っている。パソコンでいじくっただろうところを元に戻していくと、そこに現れるのは平凡な顔立ちの女だ。悪くはない。が、顔を見ただけでちんこがおっ勃《た》つというわけでもない。

女はみのりという源氏名だった。店は〈サンクチュアリ〉。いわゆるファッションヘルスと呼ばれる店だ。みのりは半年ほど前にこの店にふらりと現れ、真面目に働き、指名ナンバーワンになって、十日ほど前に突然姿を消した。

「身長は？」

おれは店員に訊いた。おれたちより若く、見覚えのある顔だったが名前は思い出せない。おおかた、頭と素行が悪すぎて高校を中退し、ヤクザにもなれずにくすぶっているのだろう。おれたちと同じだ。

「百六十五はありました。すらりとしてて」

「結構でかいな……本名とか住所は？」

店員は曖昧に笑った。

「履歴書持ってこいなんて店じゃないもんで」

「仲のよかったやつは？」

「人付き合いはよくなかったですね。時間どおりに仕事に来て、仕事が終わったらとっとと帰る。無駄口は叩かない。ガキがいるんじゃないかっていう噂でした」

「ガキ？」

「ええ。亭主と別れて、この不景気で働き口もないから風俗に落ちてきた。働いてる間はガキがひとりでお留守番。だから周りの誘いにも乗らずさっさと帰るんじゃないかって。若く見えるけど、意外と年食ってたし」

「いくつだ？」

「二十七だと言ってました」

「もし、この女が店に戻ってきたり居場所がわかったりしたら連絡をくれ。礼は弾むからよ」

おれは浩次郎にうなずいた。浩次郎と店員がスマホにお互いの電話番号を登録した。

おれは自分の携帯で知り合いに電話をかけた。スマホなんぞを使う連中の気が知れない。電話は電話だ。かけた相手と話ができればいい。それ以外の機能が必要だとは思えない。

「もしもし？」

和田《わだ》が電話に出た。

「和田さん？　ご無沙汰です。ケンです」

「ケンって、脇田《わきた》君？」

「そうです。脇田健一《けんいち》です」

「わあ、懐かしいなあ。いつ出てきたの？」

和田はムショで同房だった男だ。風俗に通う金欲しさに果物ナイフ片手に郵便局に押し入って捕まるという無茶をしてムショ送りになった。風俗のことならなんでも知っていて、いい風俗嬢がいると聞けば北海道だろうが九州だろうがどこへだって遠征して噂の真偽を確かめるのがなによりの趣味だと話していたことがある。ムショを出た後は東京で暮らすと言っていた。

「和田さんの二ヵ月ぐらい後ですよ。風俗、通ってます？」

「もちろん。昨日、博多《はかた》から戻ったばかりなんだ。本番やらせてくれるデリヘル嬢がいて、それがとんでもない名器だって噂でさ。でも、たいしたことなかったよ」

「そういう噂って、どこで耳にするんですか」

「ネットだよ。決まってるじゃない」

「なるほど……おれの住んでる町に」おれは町の名を口にした。「〈サンクチュアリ〉ってヘルスがあるんですけど、そこのみのりって女、聞いたことないですか？」

「みのりちゃん、知ってるよ。凄いテクの持ち主でさ。おれ、四、五回その町まで行ってお世話になったよ」

おれは唇を舐めた。羽をはやした万札がおれの周りを飛んでいる。

「わけがあってそのみのりって女を捜してるんですけど――」

「捜してるってどういうこと?」

「十日ぐらい前に店辞めたらしいんですよ」

「なんだって!」

おれは携帯を耳から離した。それぐらい和田の声はでかかったのだ。

「来週辺り、またお世話になりに行こうと思ってたのに」

「もしみのりが他の町で風俗嬢やってたら、和田さん、捜せます?」

「もちろん。性格がよくってサービスがよくって、なおかつ超絶技巧の風俗嬢ってそんなにいないんだよ。風俗マニアは絶対にみのりちゃんのこと知ってるし、名前を変えて別の店に勤めたってすぐに見つけるよ。ネットでみんなに訊いてみる」

もし、みのりが風俗から足を洗っていたらお手上げだ。だが、ガキがいるという話が本当なら、別の場所で風俗嬢を続けている可能性が出てくる。藤田から巻き上げたという三百万じゃ、親子ふたり、一年もつかどうかだろう。

「お願いします。昔のよしみで」

「任せてよ。ケンちゃんにはムショでお世話になったからさ」

和田はなんというか、そばにいて呼吸されるだけでむかついてくるタイプの男だ。だから、ムショでも嫌われ者だった。ちょっとしたことで因縁をつけられ、いびられていた。

ある日、和田はまだ若いヤクザ崩れの男にねちねちといびられていた。おれは間に割って入り、ヤクザ崩れの男に頭突きをかましてやった。別に和田を可哀想だと思ったわけじゃない。和田よりヤクザ崩れの男の方がむかついたというだけのことだ。

以来、和田はおれにくっついて歩くようになった。おれのことを用心棒だと思っていたらしい。

「それにしても博多行ったり、この町に抜くためだけに何度も通ったり、和田さん、景気いいみたいですね」

「ここだけの話だよ、ケンちゃん」

和田が声をひそめた。

「例の五億円事件あるだろう？」

おれはうなずいた。去年の秋、東京の警備会社の金庫から五億円が盗まれて大騒ぎになった。何人かは捕まったが、盗まれた金の大部分は行方不明のままだった。

「おれ、あれに一枚嚙んでてさ。って言っても下っ端の下っ端みたいなもんなんだけど、ある程度の分け前もらってるんだ」

　こんなに口の軽い男を大きな仕事に使うやつは馬鹿だ。こんなに口の軽い男を捕まえられない警察はもっと馬鹿だ。この世には馬鹿が溢《あふ》れている。だからおれや浩次郎みたいな馬鹿でもなんとか生きていけるのだ。

「凄いじゃないっすか」

「今度東京に遊びにおいでよ。奢ってあげるから、飯でも食おう」

「お願いします」おれは口調をあらためた。「みのりの件もよろしくです」

「うん、任せておいて。早速あたってみるよ。なにかわかったらすぐに連絡するから」

　礼を言って電話を切った。浩次郎と拓郎と店員がおれを凝視している。

「なんだよ？」

「今、ケンちゃん、相手に敬語使ってましたよね。電話の相手、どんなやつなんすか？」

「おれだって敬語ぐらい使うわ、馬鹿」

　浩次郎の頭を小突きそうになって、おれは慌てて自制した。しばらくは浩次郎の頭にショックを与えない方がいい。

「行くぞ」

「藤田ってどこに？」

「藤田ってやつのところだよ」

「なんのために？」

苛々《いらいら》する。胸の奥に氷の塊が現れる。おれは拳をきつく握って浩次郎をどつきたいという衝動に耐えた。

「決まってんだろう。ギャラの交渉しにいくんだよ」

おれは静かな声でそう言った。

5

藤田はヅラをかぶったデブだった。顔には四六時中汗が噴き出ていて、アロハシャツの背中と脇の下が濡れている。わざわざ鼻の穴を広げてみなくても、藤田の体臭は想像がつく。

「四十万」

藤田が言った。おれは首を振った。

「藤田さん、みっともないことはやめましょうよ。女が見つからなかったら三百万自腹なのに、二十万値切ってどうするんすか」

「四十五万」

藤田が言った。おれは溜息を押し殺した。

「わかりました。五十万で手を打ちますよ」

途端に藤田の目が輝きだした。

「一週間以内だぞ。一日でも遅れたら、たとえ女を連れてきてもびた一文払わねえ」

「わかってますって」

「よろしく頼む。もし金を回収できたら、おまえさんたちには安い利子で金を貸してやるよ」

おれは苦笑しながら藤田の事務所を出た。道路の向かいのコンビニで浩次郎と拓郎が時間を潰している。ふたりとも雑誌コーナーにいた。おれに気づいた浩次郎に、五本の指を広げた右手を突き出してやった。

浩次郎が小躍りし、それから右手で鼻を拭った。また鼻血が出たのだ。

嫌な予感を振り払いながら、おれはふたりを手招きした。

「ケンちゃん、ほんとに五十万？」

「ああ。五十だ。おれが三十でおまえが二十な」

「了解っす」

浩次郎は鼻を何度も啜《すす》っていた。

「あのお……」

拓郎が口を開いた。

「黙れ」おれは言った。「なにか言ったらぶちのめすぞ」

拓郎は不服そうに頬を膨らませたが、口は閉じた。

「行くぞ」

おれは歩き出した。

「女、見つかりますかね?」

浩次郎がスキップしながらおれと肩を並べた。鼻血はとまったみたいだった。おれはほっと息を吐き出した。

「見つかるさ。おれたち、賞金稼ぎだぞ」

「そうっすよね。おれたち、賞金稼ぎですもんね」

そう言うと、浩次郎は白目を剝《む》いて倒れた。

「病院連れて行かないとまずいっすよ」

拓郎が泣きそうな顔で言った。浩次郎と車のどっちを心配しているのかはよくわからなかった。

「黙れ」

おれはエンジンをかけながら言った。拓郎の親父の軽は情けない音を立ててエンジンを回しはじめた。拓郎を半ば恐喝するようにしてこの車を借りたのだ。

＊＊＊

部屋に連れて帰ると、浩次郎はすぐに気絶から覚めた。また、記憶が吹っ飛んでいるようでさすがのおれも焦った。だが、病院に行く金はない。この仕事を片付けたら、手に入れた金で診察を受けさせよう。もちろん、支払いは浩次郎の取り分から出すのだ。

「お願いですから事故らないでくださいよ」

「わかってるよ」

おれはギアをドライブに入れた。助手席で寝ている浩次郎を起こさないよう、車を静かに発進させる。おれにだって、それぐらいの思いやりはある。

すぐに幹線道路に出て東名《とうめい》高速を目指した。昨日の夜、和田から連絡があったのだ。女は源氏名をみのりからさくらに変えて、名古屋《なごや》のデリヘルで働いていた。ネットで情報を求めたら、すぐに反応があったらしい。ヤクザや金貸しは、どうしてネットを活用しないのだろう。金を取りっぱぐれることも減るだろうに。

東名は驚くぐらいに空いていた。安全運転を心がけ——いやいや、拓郎の親父の軽はアクセルを目一杯踏んでも九十キロしかスピードが出なかった。しようがないので走行車線を律儀に走り、途中、浜名湖《はまなこ》サービスエリアで遅い昼飯を食べた。おれも浩次郎も鰻重《うなじゅう》の特上を頼んだ。五十万が入ってくるのだ。それぐらいの贅沢《ぜいたく》をしたってかまやしないだろう。

名古屋に着いたのは午後四時を少し回ったところ。繁華街の錦《にしき》三丁目に車を停め、近くのコンビニで風俗の情報誌を買った。和田の情報によれば、女は〈ベイビードール〉というデリヘルに勤めているらしい。

「これじゃないっすか」

浩次郎が甲高い声を上げた。道ばたで気絶して以来、ずっと調子が悪そうだったが今はいつもどおりだ。

おれは浩次郎から雑誌を受け取った。〈ベイビードール〉というデリヘルの電話番号やシステム、働いている女たちのプロフィールが載っている。さくらという源氏名の女はいなかった。あの女らしき写真も見あたらない。

だが、和田は断言したのだ。

「集まった情報を吟味した結果、名古屋のさくらちゃんがみのりちゃんである確率は九十九パーセントだよ」

店のシステムにざっと目を通してみた。まず電話をかけ、女を指名してからどこかのラブホへ行く。部屋が決まったらもう一度店に電話をかける。すると、十分ほどで女が部屋に来るという仕組みだ。

おれは携帯で電話をかけた。

「はい、ベイビードールでございます」

調子ぶっこきまくっているようなヤワな男の声が響いた。

「おれ、はじめてなんだけど、おたくの評判聞いてさあ」

「はい、当店の女の子は選《え》りすぐり、サービスも他店を圧倒する評判のよさでございます――」

「さくらっていう子いる？　めっちゃテクが凄いって聞いたんだけど」

「残念ですが、さくらさんは本日、六時からの出勤になっております。他の子はいかがでしょうか？　さくらさんに負けず劣らずのテクニックを持った女の子が――」

「予約はできないの？」

おれはうざったい男の声を遮った。

「はい。予約料が別途発生いたしますが」

「かまわないよ。じゃあ、六時にさくらを指名で。どうしたらいい？」

「それでは、六時になりましたら市内のシティホテル、もしくはラブホテルにチェックインなさってください。お部屋からお電話をいただければ、さくらさんをそちらへ向かわせます」

「じゃあ、それで頼むよ」

「失礼ですが、お客様のお名前は？」

「染谷《そめや》拓郎」

おれの言葉に、浩次郎が唇を尖《とが》らせた。染谷というのは浩次郎の名字だ。

「染谷様ですね。それでは、六時にお電話、お待ちしております」

電話が切れた。

「六時まで時間つぶししますか？」

浩次郎が言った。おれは首を振った。

「少し寝る。五時半になったら起こせ。おまえはかなり寝てたんだから起きてろよ。起こさなかったらぶっ殺すぞ」

「わかってますよ」

おれはシートを倒して目を閉じた。すぐに眠気がやって来る。おれはいつだって寝付きがいいのだ。

＊　＊　＊

電話を切ると、することがなくなった。おれはラブホの室内を見渡した。どでかいベッドがひとつ。あってもなくてもいいようなソファとテーブルのセットがひとつ。冷蔵庫、大人のオモチャの自販機、湯沸かし器に大型のテレビ。カラオケ用のリモコンとマイクもある。

ラブホは久しぶりだった。ムショにぶち込まれる前から、浩次郎のアパートをやり部屋として使わせてもらっていたのだ。浩次郎は不満そうだったが、嫌とは言わせなかった。ラブホなんかに無駄金を使うのは馬鹿のすることだ。

冷蔵庫を開けた。なにを飲むにしても金がかかるようだった。缶ビールを引き抜いた。プルトップをあけ、ちびちびと飲む。

携帯にメールが届いた。浩次郎からだった。準備ＯＫとだけ書いてある。浩次郎は車で待機している。万が一、女に感づかれて逃げられた場合、浩次郎が後を追って捕まえる手筈《てはず》になっている。

おれは舌打ちした。なにかを待ってじっとしているというのが苦手だった。短気なのだ。我慢するということができない。それで損をしているのはわかっているが、この気質を変えることはできなかった。

ドアがノックされた。口に含んでいたビールを噴き出しそうになった。缶をテーブルに置き、濡れた口元を手で拭いながらドアに向かう。

ドアを開けると、女が立っていた。

「どうも。ベイビードールのさくらです」

間違いない。みのりと名乗っていた風俗で使われていた写真とよく似ていた。おれは無言のまま女を招き入れ、ドアをしっかりと閉じた。

「染谷さんですね？　さくらです」

低い声だった。胸は小さいし、まるでニューハーフみたいだ。髪は茶髪のセミロングで、ミニスカから伸びる脚はほっそりしていた。目は大きいが、鼻は低い。大きな目を見つめると吸い込まれてしまいそうだった。

「わたしの評判を聞いてわざわざ指名してくれたって言ってたけど、嬉しいな」

女は嬉しくなさそうに言った。

「まず、シャワーを浴びましょう」

「その前に、踏み倒した金、返してもらわねえとな」

女の顔色が変わった。大きな目がさらに大きくなる。

「藤田の使いだ。諦めな」

女が肩を竦めた。

「早くズボンとパンツおろして」

「なんだ？」

「早く」

女が詰め寄ってきた。その勢いに押されて、おれはベッドに腰をおろした。女の手が蛇のようにくねる。いつの間にか、ジーンズのボタンが外され、ジッパーがおろされていた。

「お尻浮かせて」

女の声には強い力が漲《みなぎ》っていた。おれは催眠術でもかけられたように腰を浮かせた。ジーンズとブリーフが剝ぎ取られる。女はおれの股間に顔を埋めた。

多分、しゃぶられたのだろう。だが、おれには自分のちんこになにが起こっているのかわからなかった。得体の知れないものに包まれたのだ。おれのちんこは全開でおっ勃った。

「あふう」

情けない声が漏れた。おれの声だった。亀頭から根元に走る快感に耐えきれなかったのだ。すぐにでもいってしまいそうだった。

おれはうろたえながらシーツを握りしめた。ちんこを包んでいるのはもちろん、女の口だった。唇と舌がめまぐるしく動き回っている。根元を握った右手が機械仕掛けのようにしごいている。

「ちょ、ちょっと――」

待てという言葉を口に出せなかった。女の左手が玉袋を揉《も》みはじめたのだ。再び情けない声が漏れそうになるのを堪《こら》えるので精一杯だった。

ちんこがひくつく。もう、意思の力ではどうしようもなくなっていた。おれのちんこはおれのものであって、しかし、おれのものではなかった。ただ、痺《しび》れるような快感だけがおれとちんこを繋いでいた。

突然、ちんこの根元に熱い塊が生じた。それを感じたのか、女の右手の動きが加速する。塊は瞬《またた》く間に巨大化し、爆発した。凄まじい快感がおれのちんこを駆け抜けた。

おれが果ててもまだ、女はちんこをしゃぶり続けていた。精液を搾《しぼ》り取っている。

「もういい」

おれは言った。それだけのことを口にするのに、ありったけの力を振り絞らなければならなかった。精液と一緒に、魂まで抜かれてしまったみたいだった。

女の喉が動いた。おれの精液を飲み下したのだ。

「いつでもして欲しくなったら言って。ただでしてあげる」

「だから、見逃せってか？　馬鹿いってんじゃねえよ」

おれは身体を起こした。Tシャツに下半身は丸裸という間抜けな姿だったが、床に落ちているブリーフとジーンズに手を伸ばすのが億劫《おっくう》だった。

「気持ちよかったでしょう？」女が目を丸くした。「ただでしてあげるって言ってるのよ」

「しゃぶってもらいたくなる度に名古屋まで来いってか？　冗談じゃねえ」

女が萎《しな》びはじめていたおれのちんこの根元を握った。

「もういいって――」

すべてを言い終える前に、またおれのちんこは女にしゃぶられた。女の口の中ですぐに力を取り戻していく。

「待てって――」

さっき出したばかりだというのに、おれのちんこはぎんぎんに張り切っている。

「そんなことしたって無駄だぞ」

おれは抵抗を試みた。無駄だった。心の片隅に、もう一度あの快感を味わいたいと望んでいるおれがいる。そのおれがおれの力を奪っていく。おれは女にしゃぶられながら、ベッドに身体を倒した。

女の口の動きが停まった。だが、ちんこの根元をしごく右手は正確にリズムを刻んでいた。女は左手でベッドサイドのコンドームを取り、器用に中身を取り出すとおれのちんこに被せた。ミニスカをたくしあげ、黒いパンティを脱ぎ捨てる。

「おい、なにを――」

女の動きは素早かった。おれにまたがると、コンドームを被せたおれのちんこに手につけた唾を塗りたくり、腰を沈めた。口とは違う感触の穴に、おれのちんこは飲みこまれた。

「好きなときに、好きな穴を使っていいのよ」

　女が腰を振りはじめた。顔に勝ち誇ったような表情が浮かんでいる。その表情が目に入った瞬間、おれの頭の中で音がした。

　おれは女を突き飛ばしながら起き上がった。女はベッドから床に転げ落ちた。

「なにすんのよ」

　起き上がろうとした女の髪の毛を引っ摑み、横っ面を思いきり張り倒した。女が倒れる。おれの左手には抜けた女の髪の毛がごっそり絡みついていた。

「おれを手玉に取れると思ってたのか？　舐めんなよ」

　女は殴られた頰を手で押さえ、床に這いつくばっていた。たくし上げたミニスカからはみ出た尻の白さが際立っていた。

「立て」

　おれは言った。女は動かなかった。おれは女の脇腹に蹴りを入れた。

「立てっつってんだろうが」

　女は呻きながら身体を起こした。恨みがましい目でおれを見る。おれは握った拳を女の顔の前に突き出した。

「立て」

　女が立ち上がった。足もとがふらついている。

「ベッドに手をついてケツを突き出せ」

女はあからさまに不服そうな顔をしたが、おれの言うことに従った。おれのちんこは反《そ》り返ったままだ。突き出された腰を両手で摑み、おれは背後から女を貫《つらぬ》いた。

「いちいちてめえの了解なんて取らねえでも、やりたくなったらやれるんだよ。こういうふうにな」

おれは女の尻を叩いた。

「なんとか言ってみろよ」

「ごめんなさい」

「謝って済むか、馬鹿」

腰を振った。無茶苦茶に振った。だが、いつもとは様子が違った。快感が押し寄せてこない。フェラに比べれば、女のまんこはあまりにも普通すぎた。

女から抜いて、コンドームをむしり取る。

「さっきみたいにしゃぶれ」

おれは女に命じた。女がちんこをくわえた。おれが射精するまで、五分もかからなかった。

6

「家はどこだ？」

女を後部座席に押し込んで、おれは訊いた。女の顔の左半分がどす黒く変色していた。それぐらい容赦なく張り倒してやったのだ。

「家なんて訊いてどうするんすか？」浩次郎が口を開いた。「藤田さんのとこに連れてきゃいいじゃないっすか」

「馬鹿。この女を連れてったって、金がなきゃ話にならねえ。ソープで働かせたって、三百万返済するのには何ヵ月かかかるだろう。それまで、おれたちには銭が入ってこねえかもしれねえ」

藤田の顔を思い浮かべる。それぐらいのことは平気でしそうな面だ。

おれも車に乗り込み、ハンドバッグを女の膝の上に放ってやった。中は確かめてある。化粧品の入ったポーチにサングラス、スマホ、偽物のエルメスの財布。財布の中には万札一枚と小銭が少し入っているだけだった。キャッシュカード、クレジットカードのたぐいは一切ない。カード入れには免許証が入っているだけだった。

女の本名は甘利早紀子《あまりさきこ》。年齢は二十七で、住所と本籍地は宮城県《みやぎ》になっていた。

「家だよ。どこに住んでるんだ？」

もう一度訊いた。女は口を開こうともしなかった。おれは指先で腫れた女の顔を弾いた。女が身を竦ませた。

「言えよ。また殴られたいのか？」

「豊田市《とよた》」

「豊田？　なんでそんなところに？」

「名古屋より家賃が安いから」

女はふて腐れたように答えた。

「おまえ、風俗嬢だろうが。けっこう稼いでんだろう？　車は？　豊田からなら車で通勤だろう」

「電車通勤。帰りは店のスタッフに送ってもらうの」

「豊田に向かえ」

おれは浩次郎に告げ、腕を組んだ。和田の言葉や実際に味わったフェラチオのテクを考えれば、女はどこの風俗店に勤めてもすぐに売れっ子になるはずだ。頑張れば、月に百万以上の金を稼ぐこともできるだろう。それなのに、豊田なんてしみったれた町から名古屋に電車で通っている。そもそも、なぜ藤田から金を借りる必要があったのだ？

「おい、借りた金、なんに使ったんだ？」

女がそっぽを向いた。髪の毛を引っ張っておれの方を向かせた。

「あんたには関係ないでしょ」

女がおれを睨む。たいしたタマだった。おれの暴力に怯えながら、しかし、くってかからずにはいられない。あまり見たことのないタイプだった。

おれは女の免許証を睨んだ。財布から抜き取っておいたのだ。いざとなれば、この免許証が金になる。世知辛《せちがら》いご時世で、口座を作るにも身分証明書が必要なのだ。需要は腐るほどある。

宮城県名取《なとり》市。なんとなく記憶にある地名だったが、はっきりとは思い出せない。

「免許、返して」

「金を返したらな」

免許証を奪い返そうと伸びてきた腕を、おれは摑んだ。女の顔が歪む。

「痛い目に遭いたくなかったらおとなしくしてろよ。独身か？」

女は答えない。

「家族も豊田に住んでるのか?」

女は目を閉じた。これまでの一切が夢で、眠りから覚めたらおれも浩次郎も消え去るのだと信じようとしているのかもしれない。あるいは、こんな目に遭うとわかっていたら、おれのものなんかをしゃぶってやるんじゃなかったと思っているのか。

「借りた金は返さなきゃな」

おれは女に笑いかけた。女はきつく目を閉じたまま、ぴくりともしなかった。

＊＊＊

「トイレに行かせて」

女が言った。

「我慢しろよ」

おれは笑った。

「ずっと我慢してたの。もう限界」

確かに、女の顔は真っ青だった。

「コンビニにでも寄りますか?」

浩次郎が振り返る。

「前見て運転しろ、馬鹿」

おれは手を振り上げた。その手で浩次郎の頭をど突く直前、鼻血のことを思い出した。その隙に浩次郎は素早く前を向いた。舌打ちしながら手を下ろす。

百メートルほど前方に、ブルーシートで覆われた建築現場があった。工事の途中で資金繰りが滞《とどこお》ったのか、周りに人の気配はなく、シートも薄汚れている。

「あそこの前で停めろ」

浩次郎がうなずき、車の速度を落とす。車が停まると、おれは女の腕を摑んで外に出た。ブルーシートをめくって中に入る。半分ほど解体された家屋が黴《かび》臭い匂いを放っていた。建て替えを考えたはいいが、会社が潰れたか鹹になったか、どちらにせよ、放置されてかなりの時間が経っていることは間違いなかった。

「ここでしろよ」

「冗談でしょう」

「おれは冗談は嫌いなんだ。コンビニなんかに連れてって大騒ぎでもされたら面倒だからな。ここでしろ。嫌なら漏らせ」

女が唇を嚙んだ。肩が震えている。限界が近づいているのは確かなのだ。

「どこかに行って」

「馬鹿言え。おれを間抜けだと思ってるのかよ」

「逃げないって約束するから。お願い」

おれは首を振った。

「おまえのまんこならさっき嫌になるほど見た。今さら遠慮するな」

「最低ね」

「うん。みんなにそう言われる」

女はおれの足もとに唾を吐いた。おれは気にしなかった。

「しないなら車に戻るぞ」

ふいに、女がおれに背中を向けた。スカートをたくし上げ、パンティをおろす。形のいい尻が丸出しになった。躊躇《ためら》うことなくしゃがむと、いきなり放尿しはじめた。

おれは女から目を逸らした。別に、小便している女を眺めるのが趣味というわけじゃない。逃げられたら困るし、おれがどういう人間なのかわからせたかっただけだ。

女の放尿は長く続いた。よほど我慢していたのだろう。地面から立ちのぼる湯気が妙に生々しかった。

膀胱《ぼうこう》を空にすると、女はバッグから取りだしたティッシュで股間を拭い、乱暴にパンティを引き上げた。

「これで満足？」

おれの方を見ずに言う。

「行くぞ」

おれは女の腕を掴んだ。

「ねえ。一緒に逃げて。わたしが食べさせてあげるし、いつでもしてあげる」

女はなまめかしく舌を動かした。おれは女の頬を張った。

「ぐだぐだ喋ってんじゃねえよ」

女が頬を押さえながらおれを睨む。顔に降りかかった髪の毛の間から見える目はまるでホラー映画だ。大きくて、血走っている。

「わたしを借金取りのところに連れていって、いくらの稼ぎになるのよ？　どうせはした金でしょ」

「やかましいな」

腕を振り上げると女はびくつく。だが、目だけは変わらずにおれを睨んだままだ。

「度胸がありすぎるんだな」おれは言った。「それときっと頭もいいんだろう。だから、借りた金を返さずにばっくれてもなんとかなると思っちまうんだ」

おれを睨む女の目からは、今にも炎が噴き出てきそうだった。

7

女が住んでいたのはエレベーターもない古いマンションのしけた一室だった。間取りでいえば一DK。風俗で稼いでいる女が住む部屋とは思えない。

「本当にここか？」

おれは訊いたが、女はうなずきもしなかった。当たり前だ。女が持っていた鍵でこの部屋のドアを開けたのだ。ここが女の部屋に決まっている。

浩次郎が家捜しをはじめていた。押し入れにタンス、食器棚、冷蔵庫——ドアや抽斗《ひきだし》を片っ端から開けていく。

「なんだかしけてるな……」

タンスの中を物色している浩次郎がぼやいた。

「どうした？」

「風俗で稼いでる割にはろくなもんがないんすよ。服はユニクロばっか。バッグもバッタもんばかりっす」

「稼いだ金、なにに使ってんだ？」

「あんたには関係ないでしょ」

女は吐き捨てるように言った。殴ってやろうかと思ったが、やめた。やめてから首をかしげた。だれかを殴ろうと思い、それをしなかったことなどほとんどない。どうしてやめようなどと思ったのだろう。

「ここにはなんにもないっすね」

浩次郎はキッチンに向かった。女がおれに話しかけてきた。

「お金は必ず返すから、しばらく待ってくれない？　その間、あなたたちはここに寝泊まりしていいし、好きなときにやらせてあげる」

「マジ？」

浩次郎が手をとめて振り返った。おれはソファにあったクッションを投げつけた。

「仕事しろ、馬鹿」

「すんません」

浩次郎が頭を掻く。女がまた口を開いた。

「わたしのフェラ、良かったでしょう？　いつでも、ただでしてあげるわよ」

「フェラ？　ケンちゃん、マジ？」

「やかましい」

おれは怒鳴った。苛々が募っていく。このままだとまた女をしばき倒してしまいそうだ。

「痛い目を見たくなかったらしばらく黙ってろ。いいな？」

女はまだなにか言い足りなそうだったが、とりあえず口は閉じた。

「浩次郎、台所、徹底的にやれ。その辺りになにか隠してるぞ」

女が唇を嚙んだ。おれをただの馬鹿だと思ったことを後悔しているのだ。もちろん、おれは馬鹿だ。だが、鼻はそれなりに利く。

浩次郎は冷蔵庫の中を探しはじめた。

「動くんじゃねえぞ」

おれは女に脅しをかけ、シンクの下の棚を開けた。鍋やフライパンと米びつが収まっている。ほとんど料理はしないのだろう、鍋もフライパンも埃をかぶっていた。だが、米びつだけはぴかぴか光っている。米びつの蓋を開け、米の中に手を突っ込んだ。

「あったぞ」

おれは指先に触れたものを引っ張り上げた。通帳とキャッシュカードが入ったジップロックだった。女の視線が首筋に突き刺さる。例のホラー映画みたいな目でおれを睨んでいるのだろう。おれは口笛を吹きながら通帳を開いた。残高に視線が行ったところで口笛を吹くのを忘れた。

「ケンちゃん、どうしたんすか？」

浩次郎がおれの肩越しに覗きこんできて絶句した。

残高はたったの百二十円だった。通帳のページをめくる。五十万、八十万、百二十万——女の風俗での稼ぎだろう。月末に入金され、即座にほぼ全額引き落としている。

「金はどこだ？」

おれは女に顔を向けた。

「全部使っちゃった」

「ふざけんな。こんなしけた部屋に住んでて、ブランド品もありゃしねえ。どこかに隠してんだろう？」

「そう思うなら探せばいいじゃない。言っておくけど、お金なんかないわよ」

そんなはずはない。人気の風俗嬢でひとり暮らし、ホスト遊びで羽目を外すようにも見えない。金はどこかにあるはずだ。

おれは女のバッグをひったくった。

「なにするのよ」

バッグを取り返そうと伸ばしてきた女の手を邪険に払いのける。中身はもうわかっている。知りたいのは女のスマホの中身だ。

発信履歴を開く。

「返してよ」

女が組み付いてきた。おれは女の髪の毛を鷲掴《わしづか》みにした。

「だまらねえと、その顔のど真ん中にこいつを喰らわせるぞ」

拳を突きつけてやる。女は口を閉じた。頬が痙攣《けいれん》していた。怒りと悔しさを抑えきれないのだ。おれを睨むその目つきは雌の虎だ。隙を見せれば襲いかかってくるに違いない。

なぜだかわからないが、背中がぞくぞくした。女の口と舌の動きを思い出し、破裂しそうに勃起する。唇をきつく噛んでやりたいという衝動に耐え、おれは発信履歴に目を凝らした。

朝と夜、必ず電話をかけている相手がいた。スマホのアドレス帳には「齋藤《さいとう》」の名で登録された番号だ。

「この齋藤ってのは何者だ？」

女は俯いた。嚙んだ唇が血の気を失っていく。

「だれだって聞いてるんだよ」

おれはまた女の髪の毛を乱暴に摑み、こっちを向かせた。

「あんたには関係ないでしょ」

おれは女の頰を張った。ほんの少し、力を抜いてだ。女の頰が赤く染まっていく。

「だれだ？」

女は答える代わりにおれを睨んだ。おれはさっきより力をこめてまた頰を張った。

女の頭ががくんと揺れた。それでも女は口を開かなかった。

「ねえ、おねえさん、喋っちゃった方がいいよ。この人、女だろうと子供だろうと容赦ないんだからさ」

浩次郎が寄ってきて女の顔を覗きこんだ。女がその顔に唾を吐きかけた。

「な、なにしやがんだよ」

浩次郎が女を蹴った。女は真後ろに倒れ込んだ。

「余計なことしてんじゃねえよ」

おれは同じように浩次郎を蹴った。

「ご、ごめんなさい。ゆるして、ケンちゃん」

浩次郎がおれから離れていく。

おれは自分の携帯を使って齋藤の番号に電話をかけた。電話はすぐに繋がった。

「もしもし？」

電話に出たのはだみ声の中年だった。

「すみません。そちらは齋藤浩次郎さんですか？」

「いや、齋藤よしのぶだ。間違い電話か？」

「名古屋の齋藤さんですよね？」

「東京だ、馬鹿」

電話が切れた。

「東京の齋藤よしのぶさん。どういう知り合いだ？」

おれは倒れ込んだままの女に顔を向けた。女は動かなかった。

「だれなんだ？　こいつがおまえの金を持ってるのか？」

スマホを放り投げ、おれたちが諦めるとでも思ってんのか？」

「黙ってりゃ、おれたちが諦めるとでも思ってんのか？」

おれは女の顔に頭突きをくれた。女の鼻から血が噴き出た。

「やめて……」

「齋藤ってのは何者だ？」

「ただの知り合い」

血が流れ出る鼻をおれは親指と人差し指で挟んだ。ねじり上げた。女が手足をばたつかせたが容赦はしない。

「ケンちゃん」

浩次郎が素っ頓狂な声をあげた。

「黙ってろ」

おれは振り返りもしなかった。

「ケンちゃん、これ見て」

「うるせえなあ」

おれは拳を握りながら浩次郎に身体を向けた。浩次郎は女のスマホを覗きこんでいた。

「浩次郎、しばらく口を閉じてないと――」

「これ」

浩次郎がスマホの画面をおれに向けた。笑っている子供がおれを見つめた。ガキの年齢なんかよくわからないが、たぶん、三歳ぐらいだろう。

「なんだ、それ?」

「雄太《ゆうた》ってフォルダにこのガキの写真が腐るほど入ってるんすよ。きっと、その女のガキっすよ」

おれはスマホをひったくった。指をモニタの上で滑らせる。次から次へとガキの写真が現れた。

「おまえのガキか――」

おれは言葉を途中で飲みこんだ。女が今にも火が噴き出そうな目でおれを睨んでいた。その目が答えだった。

「雄太ってのか。いい名前じゃねえか」

メールの送信フォルダを開く。『雄太へ』というタイトルのメールがやたらと目を引いた。毎日のようにガキへメールを送っているのだ。

「齋藤ってのは親戚かなにかか? ガキはそこにいるのか?」

女はおれを睨むだけだった。

「まだ字も読めねえだろう。齋藤が代わりに読んでやるのか?」

風俗で稼いでいるのにしょぼい部屋に住み、着る物はユニクロ、銀行口座の残高は限りなくゼロに近い。稼いだ金はすべてガキのために使っているのだ。

「ガキのために貯金してるのか？　ガキ名義の口座があるんだろう？　通帳と判子はどこだ？」

女は答えない。鼻から下が血で真っ赤に染まっていた。

「そんな怖い目で睨んだって無駄だって」

おれはガキ宛のメアドにメールを書いた。

『雄太にものを送りたいんだけど、住所をど忘れしちゃった。返信で教えてください』

文面を女に見せつけ、送信ボタンを押す。女の唇がねじ曲がった。おそらく、通帳も判子も齋藤という男が預かっているのだ。

おれは煙草をくわえた。浩次郎がやって来て火のついたライターを差し出してくる。

「ケンちゃん、さっきの話だけど……」

「うん？」

「ほら、この女にフェラさせたとかさせなかったとか……」

おれは浩次郎の顔に煙を吹きかけた。

「おまえには関係ねえだろう」

「おれもやらせ——」

拳を握り、浩次郎の目の前に突き出す。それで浩次郎は口を閉じた。

「この女は商品だぞ。商品に手を出すのはだめだろう」

「でも、ケンちゃんは——」

女のスマホからメロディが流れてきた。齋藤からメールが届いたのだ。おれはメールを開けた。

『雄太を甘やかしすぎだぞ。食べるものも着るものも、おまえが送ってくれる金から必要なものを買い与えている。雄太は大丈夫だから、おまえは自分のことをもっと考えろ』

その後に、齋藤の住所と電話番号が記されている。三鷹《みたか》のマンションだった。

「よし。行くぞ」

「行くって、どこに？」

「東京だ。金を回収する。おれたちゃ、賞金稼ぎだからな」

「マジっすか？　そんなことしなくても、女を連れて行くだけで……そっか。借金を返すまではおれたちの懐には入らないんすよね」

「そういうことだ」

おれは女の腕を摑んで立ち上がらせた。

「血を洗い流してこい。その面じゃ、いろいろめんどくせえ」

女がおれの顔に唾を吐きかけた。血で濁った赤い唾だ。視界の隅で、浩次郎の顔から血の気が引いていく。

「いい根性してるよ、おまえ」

おれは笑って女の背中を押した。女はバスルームに消えていった。

「どうしたんすか、ケンちゃん？」

浩次郎がぽかんとした顔でおれを見た。

「どうしたって、なにが？」

「顔に唾かけられたんすよ。普通ならあの女、ボッコじゃないすか」

「そうか？」

「そうっすよ。下手したら廃人になるまでボッコっすよ、いつもなら」

「あんまり腹が立たねえんだ。不思議だな」

おれは台所のシンクで煙草を消した。ついでに、水で濡らした手で唾をかけられたあたりを拭った。掌《てのひら》がうっすら赤く染まった。

「そんなにあの女、フェラテク凄いんすか？　ケンちゃんが怒らないぐらい？」

「怒るぞ、てめえ」

おれは浩次郎に向かって足を踏み出した。

「車回してきます」

浩次郎は部屋から飛び出ていった。

8

浩次郎の運転する車は中央道を東に向かっていた。女はふて腐れたように俯き、ぴくりとも動かない。寝ているわけじゃないのはすぐにわかる。おれの様子を注意深くうかがっている。隙があれば逃げ出すつもりなのだ。

まったくたいしたタマだ。普通、これだけ痛めつけられれば諦める。男だって諦める。これが子を守る母親の強さってやつなのか。

おれは舌打ちした。女の顔がわずかに動く。

舌打ちしたのは、この女に唾を吐きかけられてもむかっ腹が立たなかった理由がわかったからだ。その理由が気に入らない。

「あのー、ケンちゃん、なんか機嫌が悪いっすか？　背中のあたりがうすら寒いんだけど」

「黙って運転してろ」

「あ、やっぱ機嫌が悪い。さっきまではご機嫌だったのに、どうしたんすか？」

「ど突かれてえのか？」

浩次郎はそれ以上なにも言わなかった。

「ガキの親父は？」おれは女に訊いた。「ガキができたら捨てられたか？」

「死んだわ」

意外なことに女が口を開いた。

「死んだ？　病気か？」

女は首を振った。

「実家は？　ガキをそこに預ければ、なにも風俗なんてやらなくても済むんじゃねえのか？」

「実家はなくなった」

おれは女の免許証に書かれていた本籍を思い出した。

「震災かよ？」

女は口をつぐみ、目を閉じた。睫《まつげ》が揺れている。恐怖に必死で耐えているという様子だった。またしばらくはだんまりを決め込むんだろう。

「もっと飛ばせよ。かったりーぞ」

おれは運転席の背もたれを蹴った。

「ちょっと、やめてくださいよ。危ないじゃないっすか」

車が蛇行し、後ろでクラクションが鳴らされた。おれは窓を開け、外に顔を突き出す。中指を立てた右手を振り回して叫んだ。

「やかましい。殺すぞ、こら!!」

おれたちの真後ろを走っていた軽が減速し、車線を変えた。

「ばっかじゃないの」

女のつぶやきが風に乗って飛んでいった。

＊　＊　＊

スマホってのは便利だ。浩次郎が指先を動かすとカーナビに変身した。高速をおり、下道《したみち》を通って三鷹に向かう道順がはっきりと示される。女はあれ以来、むっつりと口を閉じたままだった。逃げ出そうとする様子もない。

齋藤という男の住所を知られてしまったのだ。逃げても無駄だということがわかっているんだろう。

「もうすぐガキに会えるな。嬉しいか？」

おれは訊いた。車の速度が落ちる。前方の信号が赤になっていた。

女がおれに腕を伸ばしてきた。咄嗟《とっさ》のことで防げない。伸びた爪がおれの顔を掻きむしった。目に激痛が走った。おれは顔を押さえて呻いた。

急に風が強くなる。

「ケンちゃん！」

浩次郎が叫んだ。おれは左目を開けた。右目は痛すぎて開けられない。車のドアが開いている。女の姿がない。

「くそったれ！　浩次郎、追いかけろ」

「こんなところで車停められないっすよ」

「ぶっ殺されたいのか、てめえ」

「無理なもんは無理っす」

「うるせえ」

目の痛みがおれの怒りをかき立てていた。油断していた自分に対する怒りが浩次郎に向かっていく。

後ろの車がクラクションを鳴らした。信号が変わったらしい。車が動き出した。

「浩次郎！」

「ガキんところに先回りしましょうよ。絶対ガキんとこ来ますよ。来なくても、こっちがガキを押さえれば、あの女、逃げ回ってられなくなりますから」

浩次郎にしてはまともな言葉だった。

「だったら早く行け」

怒りが収まっていく。代わりに目の痛みが増した。

「あの女、ぜってーぶっ殺してやる」

おれは吐き捨てるように言った。自分でも身震いするほど酷薄な声だった。

＊＊＊

齋藤が住んでいるのは五階建ての古ぼけたマンションだった。部屋は三〇二号室。管理人はおらず、マンションへの出入りは自由だった。三〇二号室の郵便受けは空だった。

「まだこっちには来てないみたいっすね」

女が逃げた交差点からここまで、車で五分かかった。歩きなら三倍はかかるだろう。

「来なかったらどうするんだよ？」

「その時はガキを捕まえて――」

「それってよ、誘拐だぞ。わかってんのか？」

「ここまで来たらやるっきゃないっしょ。おれたち、ほとんど無一文っすよ」

浩次郎は目を剝きながら言った。鼻から血が流れてくる。どうやら、興奮すると鼻血が出てくるらしい。

「どうやってやるんだよ」

「宅配便の真似して、ドア開けさせて」

「そんなに簡単に行くかよ？」

「やるっきゃないっすよ」浩次郎は鼻血を拭った。「最近、やたらに鼻血が出るんすよね。なんでだろ？」

「溜まりすぎだろ」おれは早口で言い、浩次郎の背中を押した。「行くぞ」

「行くってどこに？」

「三〇二号室だ。決まってんだろう」

「い、いきなりやるんっすか？」

「おれは気が短いんだ。知ってるだろう？」

エレベーターに乗り込み、三階のボタンを押した。

「ケンちゃん、こういうことには心の準備ってものが――」

「さっきまでやる気満々だったくせにびびってんのか？」

「そんなことないっすよ」

「じゃあ、やるぞ。おまえが宅配便の役だ」

エレベーターが停まった。廊下に出る。三〇二号室はエレベーターの左隣の部屋だった。浩次郎がしきりに舌なめずりをする。緊張しているときの癖だった。

「落ち着いてやれ」

ドアにはインタフォンがついていなかった。浩次郎はドアをノックした。

「宅配便です」

返事はなかった。

「齋藤さん、宅配便です。お留守ですか？」

浩次郎の声が裏返っている。張り倒してやりたかった。

「齋藤さん――」

「今開けるよ。やかましいな」

柄の悪い声が聞こえてきた。間違いない。電話で聞いた声だ。

鍵を外す音がして、すぐにドアが開いた。おれはタイミングを合わせて握っていたドアノブを引いた。男――齋藤がバランスを崩す。すぐに齋藤に抱きついて動きを封じ込め、相撲の押し出しの要領で部屋の中に入っていく。

「なんだ、てめえ――」

抗おうとする齋藤の顔面に容赦なく額を叩きつけた。狭いマンションで、三和土《たたき》のすぐ向こうが居間になっていた。おれは齋藤を床に押し倒した。身体をひっくり返し、腕をねじ上げる。男がもがき、腕を振りほどこうとする。それがおれの狙いだった。男の腕から手を離し、右腕を男の首に巻きつけた。

スリーパーホールド。ガキの頃からの得意技だ。齋藤はすぐに落ちた。

「なにかでこいつを縛っておけ」

浩次郎に命じて、おれは部屋の中を見渡した。汚い部屋だった。カップ麺の容器が床に転がり、灰皿代わりの空き缶がテーブルの上で倒れている。そのテーブルも染みだらけだった。居間にガキの気配はない。隣は四畳半の和室だった。パイプベッドとタンスが置いてある。布団はぺったんこで色褪《いろあ》せていた。ガキはいない。

あの女がガキのために風俗で身を売って稼いだ金を、齋藤は全部てめえのために使ったに違いない。酒にギャンブル、女。自堕落を絵に描いたような男だった。

浩次郎が齋藤の手足にガムテープを巻きつけていた。

おれはバスルームのドアを開けた。小便と黴の匂いが同時に鼻に襲いかかってくる。バスタブの中にガキがいた。何ヵ月も洗濯をしていないような薄汚れた服を着ている。髪の毛は伸び放題で、顔も服と同じように汚れていた。バスタブの底に座布団が敷いてある。どうやらバスタブがガキの寝床らしい。

「よお」

おれはガキに声をかけた。ガキの目が潤んだ。いつも恐怖に襲われている子供の顔だ。おれもこのガキと同じ年の時には似たような目つきをしていたはずだ。

「出てこいよ」

「おじちゃんに叱られるもん」

滑舌《かつぜつ》ははっきりしていた。

「そうか」

おれは居間に戻り、ガムテープで縛られ、床に転がっている齋藤の襟首を摑んで引きずった。

「ケンちゃん、どうしたんすか？」

浩次郎がついてくる。齋藤が暴れた。目覚めたのだ。口にもガムテープが貼られていて、呻くような声が漏れてくるだけだ。

「これがおじちゃんか？」

バスルームでガキに訊いた。ガキがうなずいた。

「もう、おじちゃんはおまえのこと、叱らないぞ。なあ、そうだろう？」

齋藤の顔を覗きこむ。齋藤の目には恐怖が滲《にじ》んでいた。

「なんとか言えよ」

おれは齋藤の顔を壁に叩きつけた。肉が潰れる音がして壁に血が飛び散った。ガキがびくつく。

「な？　大丈夫だろう？」

おれはガキの顔を見つめた。齋藤の潰れた顔に拳を叩きつけた。齋藤は気を失って崩れ落ちた。

「こんなことされたって、おじちゃんはもう怒らない。おまえのことを叱らない」

「ほんと？」

「ほんとだ」

両手を伸ばすと、ガキがおれに抱きついてきた。臭かった。おれはガキをしっかり受け止め、ぼさぼさの髪の毛を撫でてやった。

「いつからここにいるんだ?」

「ずっと前」

「腹は減ってないか?」

「喉が渇いた。ジュース飲みたい」

おれは振り返り、浩次郎にうなずいた。浩次郎の姿が視界から消え、冷蔵庫を開ける音が聞こえた。

「コーラとリンゴジュース、どっちがいい?」

浩次郎の声が響く。

「ジュース」

ガキが元気よく応じた。おれは伸びたままの齋藤に蹴りを入れ、バスルームを後にした。流しに立った浩次郎が、紙パックのジュースをコップに注いでいる。

「ほら、飲めよ」

浩次郎が手渡したコップを、ガキは両手で挟んだ。おれの顔をちらちらと見る。

「飲んでいいんだ」

ガキがジュースに口をつけた。

「せつないっすね」

浩次郎が言った。

「せつないな」

おれも言った。

虐待され、薄汚れたその姿は、おれと浩次郎に自分のガキのころを思い出させるのだ。

「あの女、自分のガキがこんな目に遭ってるって知ってるんすかね」

「知らねえだろう。薄汚いちんぽしゃぶって、ガキに仕送りしてるんだぞ」

「あのクソ野郎、ゆるせねえなあ」

浩次郎がバスルームに消えていった。鈍い音がして、齋藤の潰れた悲鳴が聞こえてきた。

ガキは一瞬だけバスルームに目を向けたが、すぐに素知らぬ顔でジュースを飲みはじめた。

9

おれの話は浩次郎の話だ。浩次郎の話はおれの話だ。細かい違いはあるが、本質はなにも変わらない。

おれのおふくろはクズのシャブ中だった。

最初は酒だ。浴びるように酒を飲み、酔うと男がほしくて堪《たま》らなくなり、だれかれかまわず家に男を引っ張り込んだ。そのうち酒がシャブになり、性欲のためというより、シャブを買う金を作るために男と寝るようになった。

おれの子守歌はおふくろのよがり声だった。布団を頭からかぶって耳を塞《ふさ》ぎ、それでも聞こえてくるおふくろの淫らな声に歯を噛みしめていた。

おれはおふくろの味というものを知らない。食べ物といえば店屋物かコンビニの弁当やサンドイッチだ。朝、おふくろに五百円玉を一枚もらい、それがその日の食い扶《ぶ》持《ち》だ。朝飯も昼飯も晩飯も五百円でなんとかしなけりゃならなかった。朝におにぎりを一個。昼にサンドイッチをワンパック。夜は奮発しておにぎり二個にインスタントの味噌汁。

みんなそうだと思っていた。近所のガキたちも四六時中ひもじい思いをして、夜は母親のよがり声を聞かされているのだと思っていた。

おれが十歳になったばかりの頃だ。ある夜、おふくろが引っ張り込んできた男がそのまま家に居座った。

客ではなく彼氏なのだとおふくろはいった。おふくろも三十代半ばを過ぎ、客を捕まえるのに苦労するようになっていたらしい。ならば、単発の客より、長期の客をひとり捕まえようと考えたのだ。

男は六十近い不動産屋で多少の金を持っていた。男は変態だった。だれかに見られることで異様に興奮するのだ。だから、最初のうちは、男は夜になるとおふくろを連れて近所の公園に行った。出歯亀《でばがめ》に見せつけながらおふくろとおまんこするのだ。

夜の子守歌が聞こえなくなって、おれは生まれて初めて安眠というものを知った。寝る前に必ず、男に感謝した。

だが、おれの安眠は長くは続かなかった。

ある夜、男とおふくろは出て行かなかった。男は粘ついた目でおれを見、おふくろはシャブを喰らって朦朧《もうろう》としていた。

自分の部屋に行こうとすると男に呼び止められた。

ここにいろと男は言った。嫌だと答えると張り倒された。殴られた頰を押さえながら、おれは自分の内側に溢れてくるどす黒いものと戦っていた。あれは多分、恐怖と嫌悪だったんだと思う。

男はおれの目の前でおふくろにちんぽをしゃぶらせた。おふくろは男のちんぽをしゃぶりながら自分の股間をまさぐっていた。男のちんぽは異常なほどでかくなっていた。自分がはめる女の息子に見せつける。きっと、とてつもない快感が男を虜《とりこ》にしていたんだろう。

男がおふくろを貫いたとき、おれは吐いた。何度も何度も吐いて胃液まで吐き尽くして最後には血も吐いた。それでもゆるしてもらえなかった。男が射精するまで見ることを強制されたのだ。

男はクソ変態で、おふくろはクソシャブ中だった。そのことをおれははっきりと悟った。

次の夜、おれはカッターナイフをジーンズのポケットに忍ばせた。当然、その夜も見ることを強要され、男が裸になってこっちにケツを見せた瞬間、カッターで斬りつけた。

男の背中に一筋の線が走り、そこから血が染みだしてくる。おれはその血を呆然と眺めた。

　男が振り返り、喚《わめ》きながらおれに襲いかかってきた。カッターを叩き落とされ、殴る蹴るの暴行を受け、気がつくとおれは病院のベッドの上にいた。

　鼻と顎、右腕、それに肋骨が三本折れていた。児童相談所の連中が何度も話を聞きに来た。おれは一言も口をきかなかった。入院して三日目の夜、おふくろがやって来て家に帰ろうと言った。おふくろは保険に入っていなかった。治療費など出せるはずがない。だから、おれたちは病院を夜逃げした。

　家に戻ると、男の姿は消えていた。

「おまえのせいで捨てられたんだ」

　おふくろは鬼婆のような顔と声でおれを詰《なじ》った。男に出て行かれ、シャブを買う金がなくなったのだ。禁断症状がおふくろをおふくろの形をした別のなにかに変えていた。

「おまえなんかいらなかった」

　おふくろは言った。

「相手の男がゴムつけるの嫌がって、ちゃんと外に出すって言ったのに中で出しやがった。それでおまえができたんだ」

おふくろは言った。

「おまえを生んだら、まんこがゆるくなったって言って、男が寄りつかなくなった」

おふくろは言った。

「死んでしまえ。おまえなんか消えていなくなれ」

おふくろは言った。おれはおふくろを蹴り倒した。馬乗りになって、顔の形が変わるほど殴った。拳の皮膚が裂け、骨が丸見えになって、殴れば殴るほど耐えがたい痛みに襲われた。それでも殴り続けた。動かなくなったおふくろに唾を吐きかけ、おれは家を出た。

それ以来、おふくろには会ったこともない。母親という言葉を聞くだけで、全身に鳥肌が立つ。おれにその力があるなら、この世の中の母親という母親を皆殺しにしてやりたいと今でも思っている。

＊　＊　＊

だれかがドアをノックしていた。おれはガキを抱え上げて玄関に向かった。ドアを開けると女が立っていた。

「雄太……」

おれがいることに驚いたのか、それともガキの身なりに驚いたのか。とにかく、女は手で口元を押さえて動かなかった。

「入れよ」

おれが言うと、ロボットみたいなぎくしゃくした足取りで部屋にあがってきた。

「たいした親戚だな。おまえの仕送り、自分で使い込んで、ガキはバスタブの中で寝起きさせてるぜ」

女はガキを見つめている。ガキは女に不思議そうな目を向けていた。自分の母親だとわかっていないのだ。

「だって、月に一度は雄太の写メを送ってきて――」

「その時だけ風呂に入れて髪の毛切ってやったんだろう。このガキの匂い嗅いでみろよ。獣みたいだぜ」

女が両腕を伸ばしてきた。おれはガキを渡してやった。女は強くガキを抱きしめた。ガキが泣き出した。女も泣き出した。

舌打ちが聞こえた。浩次郎が苦々しい顔つきで女とガキを睨んでいた。

「ごめんね、雄太。ごめんね。ママ、なにも知らなかったの。ゆるして」

「ケンちゃん、いつまでこんなしょもないことに付き合うの。とっととこの女連れ帰って金手に入れないと――」

「少し待てよ」

「外で煙草吸ってくる」

浩次郎はこれ見よがしに顔をしかめ、部屋を出て行った。

「あいつはどこ？」

女が顔を上げた。

「風呂場だ」

おれが言うと、女はガキをおれにあずけてバスルームに行った。齋藤はまだ気絶しているはずだ。

シャワーから水が迸《ほとばし》る音がした。続いて齋藤の呻き声。どうやら女は齋藤に冷たいシャワーをぶっかけたらしい。

「あんた、雄太になにをしたのよ」

女の声は刺々《とげとげ》しかった。おれはガキを抱き上げ、移動した。齋藤は床に横たわったままでびしょ濡れになり、女がその身体をまたいでいる。

「わたしがどんな思いでお金稼いでるか知ってるくせに、このクズ野郎」

女が右脚を振り上げ、踵《かかと》を齋藤のみぞおちあたりに叩きつけた。齋藤は身体を折り曲げてのたうち回る。

　いつの間にかガキが泣き止んでいた。ぱっちり開けた目で女のすることを見つめている。

「おまえの母ちゃん、すげえな」

　おれはガキの耳元で囁いた。女が容赦なく齋藤を痛めつける姿には感心させられた。

「お金、返してよ。雄太のために稼いだんだから」

「金目のものはなんにもないぜ」おれは言った。「どうせ博打か飲み代に使ってたんだろう」

　女が振り返った。顔が涙でずぶ濡れだった。

「雄太を返せ」

　女が言った。

「なに言ってんだよ。おまえがおれに押しつけたんだろうが」

「お願い。なんでも言うこと聞くから、雄太にはなにもしないで」

　馬鹿馬鹿しくなってきて、おれは抱いていたガキをおろした。

「好きにしろよ」

だが、ガキはおれの太股《ふともも》にしがみついて動かない。

「雄太、こっちにおいで」

ガキは首を振った。

「雄太、ママだよ。ママのこと忘れちゃったの？」

ガキはますますおれにしがみつく。

「雄太……」

女が腰から崩れ落ちた。顔を覆って泣きはじめる。おれも煙草が吸いたくなったが、煙草は浩次郎が持っている。

突然、齋藤が身体を起こした。左腕を女の首に巻きつけ、血まみれの顔でおれを睨む。おれは舌打ちした。浩次郎が適当に男の手足にガムテープを巻きつけたのだ。それが緩んでこういうことになっている。

男は口を塞いでいたテープをはがした。

「てめえら、ふざけやがって。ただで帰すと思うなよ」

「わたしはいいから、雄太を助けて」

女と齋藤が同時に口を開いた。

「なんだって？」

「ふざけんなって——」

「てめえじゃねえ」

おれは齋藤を睨んだ。

「わたしはいいから、雄太を連れて逃げて」

女がまた叫んだ。おれの全身に鳥肌が立った。

「どいてろ」

おれはガキを突き飛ばし、女と齋藤に向かって足を踏み出した。ジーンズのポケットからジッポを取りだして握りしめた。

「雄太」

女がガキに向かって手を伸ばす。

「近づくんじゃねえ」

齋藤が喚く。

「やかましい」

おれと女の目が合った。女が頭を下げた。齋藤の顔が丸見えになる。おれはその顔のど真ん中に右の拳を叩きつけた。

笑っちまうような状況だったが、女は本気だった。自分はいいからガキを助けてくれと本気で叫んでいた。

おれのおふくろは口が裂けたってそんなことを言いはしない。浩次郎のおふくろもだ。おれの知ってる母親というやつらはみんなそうだ。

だが、女は違った。ガキのために見ず知らずの男たちのちんこをしゃぶり、ガキを助けるために身体を張ろうとした。

おれはガキに嫉妬した。おれにもこんなおふくろがいてくれたら――きっと、おれは今のおれじゃない別のおれになっていただろう。

＊　＊　＊

「金はねえのか」

おれは訊いた。女はガキとバスルームから出てきたところだった。ガキはぴっかぴかに磨き上げられていた。薄汚かった顔もピンク色の頬になり、ぼさぼさだった髪の毛も綺麗に撫でつけられている。

女も湯上がりで化粧を落としていた。メイクをしていた時より五歳は若く見える。おれに殴られてできた痣《あざ》が痛々しかった。

「ほとんどないわ。自分の生活費以外、全部ここに送金してたから」

ガキはまだ怯えていたが、泣き喚くこともなく女のするがままになっている。

「これからどうするんだよ。名古屋に戻ってもすぐに見つかるぞ」

女が口をぽかんと開けた。

「ケンちゃん、なに言ってんすか」

浩次郎がおれの顔を覗きこんできた。

「おれたちみたいな馬鹿にだってすぐに見つけられたんだ。他の土地行ったたって、風俗で稼ぐかぎり、別の誰かにすぐに見つかる」

「ケンちゃん」

「やかましいな。てめえは黙ってろ」

おれは浩次郎の頬を張った。小気味のいい音がして浩次郎が床にぶっ倒れた。ビンタじゃない。掌打《しょうだ》というやつだ。まともに入れば脳震盪を起こす。

「だからってよ、軍資金もねえのに、アパート借りてまともな仕事に就くこともできねえだろう。どうするつもりなんだよ」

「とりあえず、どこか働ける風俗見つける。二週間、目一杯頑張れば百万は稼げると思うんだ」

女はどこかから見つけてきたブラシでガキの髪の毛をとかしはじめた。

「おまえは評判になってるんだよ」

女が動きを止めた。

「評判？」

「そう。ちんこしゃぶるのが滅茶苦茶上手いって。ネットで情報が飛び交ってる。だから、おれたちにもすぐに見つけられたんだ。二週間？　そんな余裕あるかよ」

「ケンちゃん、なんの話してんすか？」

浩次郎が起き上がった。まだ目の焦点が合っていない。

「この女連れて帰って、風俗で金稼がせればいいじゃないっすか」

「他にも借金があるの」

女が言った。

「いくら？」

「三千万」

口が塞がらなくなった。

「その借金から逃げるために雄太をここに預けて、わたしひとりで地方に隠れたのよ」

「ね、ケンちゃん。なに考えてんのかわかんないけど、三千万なんてどうにもならないっすよ。とっとこの女連れて帰りましょうよ」

「なんの借金だ？」

「あんたには関係ないでしょ」

女はそっぽを向いた。

おれは携帯を手に取った。バッテリが切れていた。

「浩次郎、スマホ貸せ」

「だれに電話するんすか？」

「いちいちうるせえな、てめえはよ」

浩次郎は左手で自分の顔をガードしながらおれにスマホを渡してよこした。

藤田に電話をかけた。すぐに繋がった。

「藤田さん、どうもです」

「女はまだ見つからねえのか」

「鋭意努力中です。ひとつ訊きたいことがあるんですけど」

「なんだ？」

「どうも、おれらの他にも女を捜してるやつがいるみたいなんですよ。あの女、他からも金引っ張ってますかね」

「ほんとか？」

藤田の声のトーンが跳ね上がった。女が金を借りたところがでかい組織にケツ持ちしてもらってる金貸しなら面倒なことになる。

「すぐに調べて折り返すからちょっと待ってろ」

電話が切れた。

「ケンちゃん、なにするつもりなんすか」

「おまえは黙ってろ」

おれは携帯を見つめた。そうしていないと、つい女を見てしまう。

五分も待たないうちに藤田から電話がかかってきた。

「まずいぞ」

「どうしました？」

「あの女、東陽会《とうようかい》絡みの金融から金を借りてやがった」

東陽会というのは東日本最大の広域暴力団だ。藤田に勝ち目はない。

「おい。あの女の居場所を摑んだら、真っ先におれに知らせろ」

「東陽会と喧嘩するんすか？」

「そうじゃねえ。渡部さんが女のことを向こうに知らせるって。そうすりゃ覚えがめでたくなるとかなんとか、そういうことだよ」

「わかりました」

おれは電話を切った。

「なんかわかったんすか？」

「東陽会がケツ持ちしてる金融屋がこの女を捜してる」

浩次郎の顔が真っ青になった。

「冗談っすよね？」

「マジだよ、マジ」

「やばいっすよ。早く逃げましょうよ」

女は平然とした顔つきでガキの髪の毛をとかし続けている。

「おい」おれは女に声をかけた。「なんで三千万なんて借りたんだよ」

「借りたのは五百万。返しても返しても利子が膨らんでいくだけだから、馬鹿らしくなって返すのやめたの」

「相手はヤクザだぞ」

女は肩を竦めた。腹が据わっているのか、ただの馬鹿なのか。

「捕まったら身体がぼろぼろになるまでソープかどこかで働かされる。ガキは変態に売り飛ばされるかな」

「そんなことさせない」

「おまえなあ、おまえが金借りたところのケツ持ちしてるのは東陽会っていう——」

「知ってるわよ、それぐらい。わたしが風俗で働くようになったの、あいつらのせいだもの」

女はブラシを床に置いてガキを抱いた。ガキがぐずる。女の顔が悲しみに歪んだ。

「浩次郎。ガキと散歩に行ってこい。腹減らしてるはずだから、コンビニでなんか買ってやれ」

ガキを抱く女の腕に力がこもった。

「ケンちゃん……」

「一時間は帰ってくるなよ。ガキにはなんにもしねえ。約束する。おまえとサシで話をしなきゃならねえんだ」

おれは言葉の途中で女に顔を向けた。女は渋ったが、ガキは女の腕から逃れようと手足をばたつかせた。結局、ガキのその態度が女の心をへし折った。

女がガキをおろす。浩次郎がさしのべた手にガキはしがみついた。

浩次郎はガキが好きだ。不憫《ふびん》なガキには滅法《めっぽう》弱い。ガキにもそれはすぐに伝わる。

浩次郎を嫌うガキはいない。

「じゃあ、行ってくるけど、ケンちゃん――」

「なんだよ」

「早く地元に帰ろうよ」

浩次郎は今にも泣き出しそうだった。

「わかってる。早く行け」

不満そうに唇を尖らせながら、浩次郎はガキと手を繋いで出て行った。

「わかってんのか？　逃げきれねえぞ」

「なんとかする」

「なんともならねえから言ってるんだろうが」

女が目を細めた。妖怪かなにかを見るような目をおれに向ける。

「あんたには関係ないでしょ」

なんと言えばいいのだろう。おれの胸の奥で渦巻いているこの感情をなんと説明すればいいのだろう。

あいつがおれのおふくろじゃなかったら、おれがおれじゃなかったら、きっとうまい言葉を見つけることもできるんだろう。

だが、おれはおれだった。おれ以外の何者でもなかった。

言葉の代わりに手が出る。それがおれだ。

「こっちに来いよ」

おれは言った。女が身構えた。

「なにをするつもり？」

「しゃぶれ」

おれはジーンズのボタンを外した。

「馬鹿言わないで」

「いいからしゃぶれ。しゃぶらねえと、てめえとガキを東陽会に突き出すぞ」

女がおれを睨んだ。ぞくぞくする。おれは女の腕を摑んだ。引き寄せ、頭を押さえつける。女はそれほど抗わなかった。おれのジーンズとブリーフをおろし、機械的にちんこをくわえる。

「ちゃんとしゃぶれよ」

おれは女の頭を小突いた。

「いちいち手を出さなきゃなんにもできないわけ？」

「できねえ」

女は鼻を鳴らし、またおれのをくわえた。今度はまともにしゃぶりはじめた。口と手と舌が別々の生き物のように動く。おれはすぐに硬くなった。

このまましゃぶらせ続けたら、すぐに射精してしまうだろう。おれは女を床に押し倒し、スカートをまくりあげた。

「ゴムをつけて」

女が言った。

「そんなもんあるかよ」

パンティをずりおろし、手につけた唾を女のあそこに塗りたくった。

突き刺す。女の顔が苦痛に歪んだ。かまわず腰を動かした。

「二回目のまんこだ。もう他人じゃねえ」

おれは言った。女の締めつけがきつくなった。アーモンドみたいな目がおれを見上げている。

「おれがおまえたちを守ってやる」

女の目がさらに大きくなった。おふくろも目が大きかった。おふくろをやっているような気分になってきた。

シャブのせいでおふくろはがりがりに痩《や》せていた。肋骨が浮いていた。使い込んだまんこはどす黒かった。目の前の女は暖かく、柔らかく、まんこはピンク色だった。

それでも、おふくろとダブる。

そんなはずはない。おれは遮二無二《しゃにむに》腰を動かした。

おふくろがおれを守ってくれたことはない。この女は必死で自分のガキを守ろうとしている。

女の大きな目がおれを見つめている。おふくろの目はいつも霞《かすみ》がかかっているみたいだった。

おれは女を抱きしめた。もっと強く、もっと確実に女と繋がりたかった。

キスがしたかった。女が顔を背けた。おれは女の首を左手で絞めた。女がおれを睨む。その唇を吸った。ベロを絡め、唾液を啜った。

女がおれの舌を噛んだ。女の頬を張った。容赦なく手を叩きつけた。唇が切れ、血が滴《したた》った。その血を舐めた。

突然、快感の塊がケツのあたりに生じた。塊がちんこに向かって突進していく。我慢できそうになかった。おれは呻きながら放った。

女がおれの顔に爪を立てた。おれは女を殴った。精を放ちながら、何度も殴った。

10

齋藤が目を覚ました。スリーパーホールドでまた眠らせてやる。女はまだシャワーを浴びていた。きっと、まんこの中のおれの精液を掻き出そうと必死なんだろう。

煙草が吸いたかった。煙草は浩次郎が持っている。仕方がないので、灰皿の中からましそうなやつを一本選んで火をつけた。

浩次郎とガキが戻ってきた。浩次郎は左手にコンビニの袋をぶら下げている。ガキはアイスキャンディを舐めていた。

浩次郎が犬みたいに鼻をくんくんさせた。

「ケンちゃん、まさか……」

おれは浩次郎に背を向けた。だれかと話をする気分じゃなかった。

「なに考えてるんすか、こんな時に」

「こんな時だからだよ」

ぶん殴ってやりたかったが、ガキがおれを見ていた。このガキにはおれのろくでもないところを見せたくない。

そう思い、そう思った自分に驚いた。

シャワーを流す音が消えた。齋藤がまたぞろもぞもぞと身体を動かしている。あいつが目を覚ますたびにいちいち気絶させるのにも飽きてきた。

「浩次郎、今度こそあいつを動けないようにしておけ。さっきのは酷《ひど》かったぞ」

浩次郎が齋藤の手足にテープを巻きつけていく。その最中、右の鼻の穴から血が流れ出た。

「鼻血が出てんぞ」

おれは何気ない口調で言った。浩次郎は鼻の下を拭い、手についた血をまじまじと見つめた。

「最近、やけに鼻血が出るんすよね。なんでだろう？」

浩次郎はこの前と同じ台詞《せりふ》を口にした。

「溜まってるからじゃねえのか」

おれも同じ台詞を口にした。

「ケンちゃん、おれにもやらせてくださいよ。あの女、フェラがめっちゃうまいんでしょ？」

「ガキの前だぞ」

おれは言った。浩次郎がしまったという顔をした。

「それに、あいつはだめだ」

「自分だけってのはずるいっすよ」

「あいつはおれの女だ。だれにもやらせねえ」

浩次郎の目が丸くなった。ほとんど同時にバスルームのドアが開いた。女にも聞こえただろうか。頬が熱くなる。

女はバスルームから顔だけ出して、おれを見つめていた。

「マジでこれからどうするつもりなんすか？」

「おまえは帰れ」

「なに言ってんすか？」

「おれはこの女とガキを連れて逃げる。東陽会が追ってくるかもしれねえから、おまえは帰るんだ」

「馬鹿言わないでくださいよ。おれとケンちゃんは一心同体、魂の兄弟《ソウル・ブラザー》じゃないっすか」

「死ぬかもしれねえぞ」

浩次郎は口を閉じた。また鼻血が流れ落ちてくる。

「逃げるって言っても、どこに逃げるんすか？　ケンちゃん、一文無しだし……」

「いいアイディアがある」

女がシャワーを浴びている間、ずっと考え続けていた。考えすぎてゲロを吐きそうになったぐらいだ。

「スマホ、貸せよ」

浩次郎から受け取ったスマホで和田に電話をかけた。電話はすぐに繋がった。

「和田さん、どうもっす。おれっす」

「ああ、脇田君。どうだった？　彼女見つかった？」

「和田さんのおかげですぐに」

「そりゃよかった。でも、脇田君、どうして彼女捜してたの？」

「あの女、借金ばっくれてたんですよ。それで金融屋に頼まれて」

「借金？　それじゃ、彼女、どうなるの？　やばいとこから借りた金だったら、ソープに落とされて？」

「そうなるんじゃないかなあ」

「どこのソープだろう。脇田君、店がわかったら教えてくれないかな。あの子ならおしゃぶりだけでいいんだけど――」

「今、東京にいるんすよ。あの女と一緒に」

　おれは和田の言葉を遮った。

「え？」和田は素っ頓狂な声をあげた。「彼女、名古屋にいるんじゃなかったの？」

「それがいろいろあって……どうせ東京に来てるんだから、和田さんに挨拶しなきゃと思って電話したんですけどね」

「脇田君、彼女を見つけられたの、おれのおかげだよね」

「ええ。感謝してます」

「お礼がほしいってわけじゃないんだけどさ、感謝してるっていうなら、彼女、おれに二時間だけ貸してくれない？　傷物にしたりはしないから。思う存分しゃぶってもらいたいんだよ」

「それぐらいならいいっすよ。二時間でいいんすか？」

「うん」

　ガキみたいな返事だった。

「じゃあ、どこで待ち合わせましょうか？」

　おれは笑いをこらえた。おれの垂らした釣り針を、和田は警戒することもなく飲みこんだのだ。

＊＊＊

「行くぞ。支度しろ」

おれは言った。だが、女は動こうとしなかった。

「時間がねえんだよ」

「わたしと雄太はどこにも行かない」

「おい、浩次郎。ガキと車で待ってろ」

「雄太をどうするつもりよ」

「どうもしねえよ。早く行け、浩次郎」

おれの剣幕《けんまく》にびびったのか、浩次郎は返事もせずにガキと出て行った。

「ここにいたってしょうがねえだろう」

「さっきの電話の男にわたしを売るんでしょう？　それで金を稼ぐ？　馬鹿にしないでよ」

「そうじゃねえよ」

おれは辛抱強く女に語りかけた。自分にこんなことができるなんて驚きだった。

「電話の男は金を持ってるんだ。そいつをいただく。表にゃ出せない金だ」

女の表情がやわらいだ。

「金って、いくらあるの？」

「わからねえが、はした金じゃないはずだ」

和田は五億円強奪事件に一枚噛んでいると言っていた。下っ端の下っ端だとも。それにしたって五億だ。百万、二百万の分け前はもらっているはずだ。それを軍資金にして金貸しどもから逃げるのだ。

「どうして？」

女が訊いてきた。

「なにが？」

「どうしてわたしと雄太のためにそんなことまでしてくれる気になったの？」

「決まってんだろう。おまえがおれの女だからだ」

「わたし、あんたのものになったつもりなんてないけど」

言いたいことは山ほどあるのに言葉が出てこない。考える前に身体が動く。右手が女の顔を張り倒す。酷い音を立てて女は床に転がった。

「ごちゃごちゃ言ってねえで黙ってついてくりゃいいんだよ」

女は血の混じった唾を床に吐き捨て、倒れたままの姿勢でおれを見上げた。虎のような目がおれを睨んでいる。おれはその顔を踏みつけた。

「なんだ、その目は」

女が目を閉じた。

「おまえはおれの女だ。だから、おまえとガキの面倒はおれが見る。わかったか？」

おれの足の下で女が小さくうなずいた。

「だったら早く支度しろ。すぐに出かけるぞ」

足をどけた。女は素早く立ち上がり、和室に消えた。五分もしないうちに戻ってきた。小型のキャリーケースを引きずっている。

「早紀子」

「なんだ？」

「わたしの名前は早紀子。免許見たくせに覚えてもいないのね」

甘利早紀子。覚えている。ただ、女の名前を口にすることに慣れていないだけだ。

「ケンちゃんって、ケンイチ？」

「そうだ。ガキと一緒にいるのは浩次郎だ」

「知ってるわ。ケンイチがしょっちゅう名前で呼ぶから。それからあの子は雄太。ガキなんて言わないで」

女——早紀子はそう言うと、キャリーケースを引きずりながら玄関に向かった。

「なにぼやっとしてるの。時間がないんでしょ」

振り返った顔は、おれに何度も殴られたせいであちこちが腫れていた。

＊＊＊

開催のない立川《たちかわ》競輪場はひっそりと静まりかえっていた。入口は閉ざされ、近くを通る人間の姿もない。

おれたちは正面入口の前に車を停めて待っていた。和田と待ち合わせた時間はとうに過ぎていた。

「遅いっすね」

浩次郎は右の鼻の穴にティッシュを詰め込んでいた。鼻血が止まらないのだ。血に染まったティッシュが目に入るたびに、おれは罪悪感に襲われた。

罪悪感から逃れるために、おれはルームミラーに視線を移した。早紀子の膝の上で雄太が眠っている。かたくなに早紀子を拒否していた雄太だが、眠気には勝てず、眠るには柔らかい腿《もも》の上がいいと思ったようだった。

「だれか来ましたよ」

浩次郎が言った。住宅街の方から小太りの男が歩いてくる。

和田だった。ムショを出る前より髪の毛が減り、体重が十キロは増えている。

おれは車を降り、和田に手を振った。

「脇田君、変わってないねえ」

和田が笑いながら近づいてきた。

「和田さんは太りすぎですよ。せっかくムショで痩せたのに」

「娑婆《しゃば》は飯がうまくてさ、つい食い過ぎちゃうんだ」

和田は窓越しに車の中を覗いた。

「ああ、この子だ。確かにこの子。ガキがいるのかい」

「和田さんが女といい思いしている間、ガキはおれたちが面倒見ますから」

「悪いね、脇田君。君、ムショにいたときからいいやつだったからね。律儀で面倒見がよくってさ」

「ラブホまで送りますよ。乗ってください」

おれは後部座席のドアを開けた。雄太が目を覚まして泣きはじめた。

「子供が泣いてる横でしゃぶらせるってのも乙かもしれないなあ」

和田が言った。その瞬間、おれはおふくろとやっているところをおれに見せつけたあの男を思い出した。

車に積んであった工具箱から出しておいたスパナを腰から抜いた。

「クズが」

スパナを和田の後頭部に叩きつけた。和田は頭を抱えてアスファルトの上に倒れた。気絶はしない。一発で気絶させるなんてのは、ドラマやマンガの中だけの話だ。おれは和田を抱え上げ、スリーパーをかけた。ものの数秒で和田は落ちた。

「おまえたちは前の座席に移れ」

早紀子に言い、和田を後部座席に押し込んだ。雄太の泣き声がやまない。やかましい。

「うるせえぞ、雄太」

低い声で脅しをかけた。雄太が泣くのをぴたりとやめた。

和田の身体を探った。ズボンの尻ポケットに財布が、上着のポケットにキーリングが入っていた。鍵は二本ついている。

財布の中には万札が十枚――確かに景気はいいらしい。

カード入れにはキャッシュカード、クレジットカード、それに免許証が入っている。

和田の住所は立川市富士見《ふじみ》町七丁目になっていた。

浩次郎がスマホで地図を出した。

「行く？」

おれはうなずいた。車が動き出した。早紀子が雄太に話しかけている。

「どうしてママの言うことは聞かないのに、ケンイチの言うことは聞くの？」

車が蛇行した。

「なにやってんだよ」

おれは浩次郎に言った。

「いや、だって、今、この女がケンちゃんのこと、ケンイチって」

「この女じゃない。早紀子だ」

「そういうことじゃなくて――」

「おれの女がおれの名前を呼び捨てにしてなにが悪い？」

「……悪くないっす。はい」

前方の交差点で信号が赤に変わった。車のスピードが落ちる。

「どれぐらい離れてたんだ？」

おれは早紀子に訊いた。

「一年ちょっと」

「借金取りから逃げるために？」

早紀子がうなずいた。

「一年っていやあ、雄太は二歳か。そりゃ、覚えてねえだろうなあ。知らない女が母親みたいな態度とったら、そりゃびっくりするだろうよ」

早紀子はせつなそうな目を雄太に向けた。雄太は早紀子に抱かれるのを嫌がって、運転席に手を伸ばしている。

「雄太、やめろ」

おれが言うと、雄太は手を引っ込めた。

「あの齋藤って野郎、雄太を殴ってたに違いない。だから、大人の男の言うことは聞くんだ」

早紀子はなにも言わなかった。きっと、あの虎みたいな目で頭の中の齋藤を睨んでいるんだろう。

雄太がまた泣きはじめた。早紀子が慌ててあやすが、まったく効き目がない。やかましかったが、おれはなにも言わなかった。この一年、雄太がどんな目に遭っていたか想像がつくからだ。

泣きたいだけ泣けばいい。泣いてもなにも変わらないと悟ったら、泣かないガキになる。おれや浩次郎がそうだったように。

和田が目覚めた。おれはスパナを握り直した。

「いてえ……」

和田が後頭部をさすった。瞬《まばた》きを繰り返しながらおれに顔を向ける。

「脇田君？　おれを殴った？」

「うん。殴った」

おれは朗《ほが》らかに答えた。

「なんで？」

和田は涙目になっている。

「金がいるんだよ、和田さん。こないだ電話で景気のいい話してたでしょ」

「あ、あの金はダメだよ。預かってるだけなんだから」

「預かってる？」

思わず笑った。五億円強奪事件の犯人たちは次々に検挙されているが、まだ大半の金の行方は不明だとニュースでやっていた。全額とは言わないまでも、ある程度の金を和田が隠しているのだ。

「あ、いや、その——」

和田は自分の言葉を否定しようとしたがもう手遅れだった。

「和田さん、その金、どこにあるの？」

「わ、脇田君。だめだよ。わかるでしょ。あの金になにかあったら、おれが——」

「困るのは和田さんで、おれじゃないもんな」

「脇田君——」

おれはスパナを和田の手首に叩きつけた。容赦なく、思いきり。悲鳴を上げる前に和田の口を塞いだ。和田の顔が濡れていく。涙と汗のせいだった。和田の右の手は手首から先が力なく垂れていた。多分、骨が砕けただろう。そのつもりで殴ったのだ。

「金はどこだ？」

和田が首を振った。おれはスパナを振り上げた。口を塞いでいた手を離す。

「お、おれの部屋——」

和田は折れた手首を押さえて泣き喚いた。

「そうか。ありがとう、和田さん」

おれはまた和田にスリーパーをかけた。和田は意識を失い、静かになった。

雄太がこっちを見ていた。おれはにっこり笑った。

「こいつみたいな大人にはなるなよ、雄太」

雄太がうなずいた。

11

和田の住まいは中学校の裏手にある古いマンションの一室だった。とりあえず、おれひとりで様子を見ることにした。和田から奪った鍵で部屋に入る。二Kの狭い部屋だった。ユニットバスも狭ければ、居間も寝室も狭い。だが、齋藤の部屋とは違い、小綺麗だった。布団は畳の上に置きっぱなしだったがきちんとたたまれ、床にはゴミひとつ落ちていない。ムショ暮らしで身についた癖が抜けないのだ。

明かりをつけ、部屋の中を探し回った。家財道具と言えるものは、冷蔵庫、テレビ、パソコンにわずかな食器類しかなかった。冷蔵庫に入っているのはほとんどが飲み物で、台所の棚には空きスペースが目立つ。押し入れはタンス代わりになっていて、きちんとたたまれた服や下着が並んでいた。

金の匂いがするものは見当たらない。

なにかがおかしいと思い、おかしいことに思いあたった。真っ昼間だというのにカーテンが閉められている。ムショ暮らしじゃ、太陽の光は貴重だ。昼間にカーテンを閉めるなんて考えられない。

カーテンを開けると、ちゃちなベランダが視界に飛び込んできた。ゴミ袋と埃のかぶった古い洗濯機が置いてある。全自動じゃなく、二槽式のやつだった。洗濯槽の蓋のところだけ埃の積もり方が薄かった。

蓋を開けた。洗濯槽にリュックサックが押し込められていた。登山に使うやつだ。

「マジかよ」

こんなところに金を隠しておく神経がわからない。リュックを引っ張り出し、部屋に戻って中身を床にぶちまけた。札束が転がり出てきた。

「マジかよ」

おれはまた同じ台詞を呟き、札束を数えた。帯封をされた束が五十個。一束が百万だとして、五千万。

目眩がしそうだった。

金をリュックに戻して、おれは部屋を出た。しっかりと鍵をかけ、階段を下りる。近くのコンビニまで駆け戻った。車の中で、浩次郎たちが待っている。

「どうでした？」

車に乗り込むと浩次郎が訊いてきた。和田はまだ気絶している。

「こいつの部屋に行くぞ。まず、マンションの前に車をつけて、おれとおまえでこいつを部屋に運ぶ」

「車はその後でどっかのコインパーキングっすね」

「だな」

「金、あったんすか？」

「あった」

「マジっすか？　いくらっすか？」

「五千万だ」

浩次郎の目がまん丸になった。口もぱっくり開いたままだ。早紀子は信じられないという顔をおれに向けていた。雄太は眠いのか、瞬きを繰り返している。

「ケンちゃん、なんて言いました？」

「五千万だ」

「ほんとっすか？」

「嘘ついてどうするんだよ」

「五千万？」

「しつけえなあ。ぶん殴るぞ、こら」

浩次郎は万歳をした。なにかを叫ぼうとして、両目が白くなり、倒れた。側頭部をサイドウィンドウにぶつけ、大量に鼻血をふきだしたまま動かない。

「浩次郎。おい、浩次郎！」

浩次郎は完全に意識を失っていた。

＊＊＊

早紀子とふたりで、浩次郎と和田を苦労しながら部屋に運んだ。勤め人の単身者が多いのだろう。住人と鉢合わせすることもなかった。

念のため、金の入ったリュックを背負って車に戻り、コインパーキングに停めた。おれは無免だ。十八の時に免許を取ったが、十九歳の時に取り消しを喰らった。マッポに職質をかけられたらと思うと気が気じゃなかった。

和田の部屋に戻る。浩次郎と和田は仲良く居間の床の上で並んで寝ていた。早紀子と雄太の姿がない。寝室の方から歌声が聞こえてくる。

覗くと、和田の布団に雄太がくるまっていた。早紀子が添い寝しながら子守歌をうたっていた。

柔らかくてとろけるような歌声だった。母は子にこんな声で歌うことができるのか。もちろん、おれは子守歌をうたってもらったことなど一度もなかった。

リュックを床に置き、おれはバスルームに向かった。濡らしたタオルをきつく絞り、鼻血まみれの浩次郎の顔を拭いてやる。

「おい、いい加減に起きろよ」

何度も声をかけたが、浩次郎が目覚める気配はなかった。氷みたいに冷たい手で心臓を鷲掴みにされたような感覚がおれを襲う。

このまま浩次郎が目覚めなかったら、おれはどうしたらいいのか。おれには家族がいない。浩次郎にもいない。おれたちは街角で出会い、寄り添うように生きてきた。おれには浩次郎しかいないし、浩次郎にはおれしかいなかった。

おれがムショに入っている間、浩次郎は半ば廃人のようになって生きていたらしい。身体を半分に引き裂かれたみたいだったと言っていた。

浩次郎がいなくなっても、おれは廃人にはならないだろう。だが、途方に暮れることは間違いない。

「浩次郎、金が手に入ったんだ。病院に行こう。な？」

おれは浩次郎の顔を綺麗にしながらそう語りかけた。

「その人、病気？」

声がして顔を上げた。早紀子が寝室から出てくるところだった。

「悪いが、台所にしゃもじみたいなのがないか、見てきてくれ」

「なんに使うの？」

「このおっさんの手首、固定してやらないと右手が一生使い物にならなくなる」

早紀子が居間を横切った。雄太は眠ったらしい。和田の目尻が痙攣している。意識を取り戻す前兆だった。

「こんなのしかないけど」

早紀子が持って来たのはおたまだった。なにもないよりはましだった。おたまの柄を折れた手首の下にあてがい、浩次郎の顔を拭いていたタオルで縛りつけた。

「痛っ」

和田が目を覚ました。

「気絶してりゃ、痛みも感じねえのによ」

「わ、わ、脇田君――」

「なんなのよ。五千万もの大金、ベランダの洗濯機に隠しておく神経って」

「あの金はだめだよ。頼むよ、脇田君。おれの分け前、三百万、手つかずで残ってるんだ。それをやるから――」

「悪いけど、それは無理だよ、和田さん。おれたちも金がいるんだ」

三千三百万で早紀子の借金を返したら残りは千七百万。和田の三百万を足して二千万。浩次郎に五百万をくれてやって、おれと早紀子と雄太で千五百万。どこかに部屋を借りて暮らすのには充分だ。

「やばいやつの金なんだよ。おれも脇田君も殺されちゃうよ」

「おれは死なねえからだいじょうぶ。それで、和田さんの三百万ってどこにあるの？」

「おれの金も持ってく気かよ」

「当然じゃん。どこ？」

「ふざけるな――」

和田が声を荒らげた。おれはその口を塞いだ。

「隣の部屋で三歳のガキが寝てんのよ。大声出しちゃまずいっしょ」

「脇田君――」

和田の両目尻から涙がぼろぼろとこぼれた。

「金は？」

涙に濡れた目が一瞬、冷蔵庫を見た。

「冷蔵庫の中だ」おれは早紀子に言った。「多分、冷凍庫だろう」

「脇田君――」

いい加減、和田の涙声にはうんざりだった。おれは曲げた腕を振った。肘の先端が和田の顔のど真ん中に突き刺さった。和田は白目を剝いて倒れた。

早紀子が冷凍庫から霜がこびりついたビニール袋を取り出した。中を覗きこむ。

「お金」

「いくらある？」

「三百万。帯のしてある札束が三つ入ってる」

五億をまんまと強奪したはいいが、ほとぼりが冷めるまでは使えない金なのだ。急に金回りがよくなればだれだって疑ってかかる。おれたちには好都合だった。

「借金がチャラになる」おれは言った。「そうすりゃ、逃げ回る必要もねえ」

「ケンイチって馬鹿？」

早紀子が言った。

「なんだと？」

「借金取りから逃げ回る必要がなくなっても、今度はこいつらから逃げなきゃならないでしょう」

おれは和田を見た。こんな男に追いかけられたってどうってことはない。こんな男に五千万もの大金を預けるような間抜けに追いかけられたとして、それがどうだっていうのだろう。

「こんなやつら、なんとでもなるさ」

浩次郎が呻いた。

「浩次郎、だいじょうぶか?」

おれは浩次郎の肩を揺すった。浩次郎が目を開けた。

「あれ? ケンちゃん?」

浩次郎は鼻を啜りながら身体を起こした。もう、鼻血は止まっている。

「おれ、どうしたんすか?」

「急に眠いって言い出して、横になったんだよ。すっきりしたか?」

おそるおそる言ってみた。

「おれ、寝ちゃってたんすか」

浩次郎は倒れるまでのことをなにも覚えてはいなかった。早紀子が不思議そうな顔でおれたちを見ていた。

「それより浩次郎、見ろよ」

おれはリュックを開けて見せた。浩次郎の目が点になった。

「金だぞ、金」

「マジっすか？　いくらあるんすか？」

「五千万だ」

「ケンちゃん！」

浩次郎が抱きついてきた。

「夢じゃないよね？　マジ、五千万？　おれ、どうしたらいいの？」

「気色悪いな、てめえ」

おれは浩次郎を乱暴に押しのけた。本当は殴りつけてやりたかったが、なんとかこらえた。

「だって、五千万すよ、五千万。おれとケンちゃんで山分けして、ひとり二千五百万すよ」

「悪いな、浩次郎」

「へ？」

おれは間抜けな面をしている浩次郎の顔を正面から見た。

「三千万は早紀子の借金の返済にあてる」

「へ?」

「残った二千万を山分けだがよ、こっちは三人、おまえは一人だ。おれたちが千五百万、おまえが五百万。な?」

「な? じゃないっしょ」

浩次郎が目をつり上げた。その拍子にまた鼻血が流れてきた。

「おれとケンちゃんは魂の兄弟《ソウル・ブラザー》、一心同体じゃないっすか」

「先に山分けって言い出したのはおめえだろうが。一心同体ならそんなこと必要ねえ。そうだろう?」

「ケンちゃん――」

「まだガキは三歳だし、おれは学がねえから仕事見つけるの大変だし、だから千五百万いるんだ。ごたごた抜かすなら、おまえの五百万もおれがいただくからな」

「ケンちゃん、マジ、どうしちゃったんすか? 本気でこんな風俗女と――」

おれは浩次郎の胸元を摑んで引き寄せた。額と額をくっつけて浩次郎の目を覗きこむ。

「もう一回言ってみろ」

「ケ、ケンちゃん……」

「もう一回言ってみろってんだ」

「ごめんなさい」

「早紀子のことをぐだぐだ抜かしたら、てめえでもぶち殺すぞ」

シャツを摑んでいた手を離すと、浩次郎はうなだれた。どうしてこいつにはわからないのだろう。早紀子は他の女とは違うのだ。母親面したクズたちとは違うのだ。

「ねえ」早紀子が言った。「ずっとここにいるつもり?」

12

都心に向かって車を走らせ、目についた焼肉屋で飯を食った。カルビがうまかった。ロースがうまかった。レバーがうまかった。

拓郎を脅して食った焼肉屋とは訳が違う。支払いの心配をしなくてもいいというのが、肉をさらにうまく感じた理由だったかもしれない。

酒を飲みたがる浩次郎をどやしつけた。表向きの理由は車の運転があるからということにしたが、本当はあいつの体調が心配だったからだ。早く早紀子の抱えるトラブルにかたをつけて、浩次郎を病院に連れて行かなければならない。

満腹になるとさらに都心を目指し、新宿《しんじゅく》のビジネスホテルにチェックインした。おれと早紀子と雄太はツイン、浩次郎はシングル。フロントの男がクレジットカードを見せろというので、代わりに現金を叩きつけてやった。

焼肉屋でもホテルでも、雄太は早紀子をあからさまに無視しておれにくっついていた。早紀子が抱き寄せようと手を伸ばすとおれの足にしがみついてくる。そのたびに、早紀子の目が悲しそうに瞬いた。

「ねえ、どうしてコージローに嘘つくの？」

浩次郎と別れて部屋に入るとすぐに早紀子が訊いてきた。

「嘘？」

「気絶して倒れたのに、寝てたって」

「ああ」

おれはベッドの端に腰を下ろし、雄太を抱き上げた。

「気絶した時の記憶があるのか、確かめたかったんだ」

「記憶、なかったよね。なにかの病気？」

「わからねえ。今までも調子悪かったんだが、金がなくて病院に行けなかったんだ。

おまえの借金をチャラにしたら無理矢理でも病院に連れて行く」

「ケンイチがコージローになにかしたの？」

「うるせえなあ」

そんなつもりじゃないのに、声が低くなる。おれの膝の上で雄太がぐずりはじめた。

「てめえもやかましい」

雄太を睨んだ。雄太は唇を噛んで泣くのをこらえた。身体が小刻みに震えている。

「雄太は関係ないでしょう」

早紀子が雄太を抱き上げた。雄太も早紀子にしがみついた。

居心地が悪くなって、おれはベッドに身体を投げ出した。早紀子が雄太を抱いたまま別のベッドに腰を下ろした。

「泣くなよ、雄太。泣いたらぶっ飛ばすからな」

「ケンイチの言うことなんか聞かなくていいからね」

「ぼく、泣かないもん」

そう言う雄太の声は震えていて、おれの方を見ようとはしなかった。早紀子の首に両腕を回して震え続けている。

雄太が羨《うらや》ましかった。雄太を泣かせてしまう自分が恨めしかった。

「最初に金を借りた相手の連絡先、わかるか？」

ベッドに寝転がったままおれは訊いた。視界の隅っこで、早紀子が首を振る。

「昔の携帯、捨てちゃったから」

なら、藤田に訊くしかない。嘘をつかなきゃならないと考えるだけで頭が痛くなってきた。

「なんでマチキンなんかから金借りたんだよ」

「家のローン」

「家建てるのにマチキンから金借りたのか？」

おれは跳ね起きた。雄太の背中がびくりと震えた。

「違うよ。住宅ローンを銀行に返すのに、マチキンから借りたの」

意味がわからなかった。その時、唐突に記憶がよみがえった。早紀子の免許証。本籍が宮城県名取市になっていた。

「震災にやられたんだったよな？」

早紀子がうなずいた。

「建てて半年も経ってない家が流されたの。震災から半年ぐらいしたら、銀行からローンをどうするつもりかって連絡が来て、国や東電からの補償金はいつ出るかもわからなくて、途方に暮れてたら、知り合いの知り合いっていう人がお金貸してくれるって言うから――」

「飛びついたのか？」

早紀子がまたうなずいた。

「それがマチキンだったんだな？」

「みんなぐるだったのよ。震災で家を失って困ってる人たちからお金を巻き上げるの」

「旦那はなにしてたんだよ」

訊いた直後に、旦那は死んだと早紀子が言っていたのを思い出した。

「津波に流された」

早紀子の声は口じゃなくて、どこか別のところから発せられたみたいだった。

「わたしの両親も、あの人の両親も、親戚も、みんな流されて死んだ。残ったのはわたしたちだけ」

「そうだったのかよ」

おれにとって、震災は遠い異国でのできごとみたいなもんだった。被災者に会ったのもはじめてだった。

「笑っちゃうよ。あの日、雄太が熱を出したの。それでわたしだけ、雄太を車に乗せて仙台《せんだい》の病院に行ったんだ。うちの近くにはいい小児科ないから。病院の待合室で地震にあって、周り中しっちゃかめっちゃかになって……携帯は通じないし、道路は滅茶苦茶だし、帰りたくても帰れなくて、そうしたら、津波が来たってだれかが言い出して」

早紀子はなにかに取り憑かれたみたいに喋りだした。

「どこもかしこも停電だったから、雄太と一緒に車に乗って、ラジオをつけたの。地元の局はやってなかったけど、他のは……どこも津波のことを話していた。どのチャンネルにまわしても津波のことばかり」

吐き捨てるように言って、早紀子は息を継いだ。おれは黙って早紀子の言葉に耳を傾けた。

「家には戻れそうにないから、コンビニでパンをたくさん買ったわ。ジュースもね。それを食べ繋いで、家になんとか戻れたのが震災の三日後。ケンイチもあの時、テレビで映像見たでしょ？」

おれはうなずいた。

「あれと一緒。ひっくり返った船が陸にあった。バスがビルの屋上に乗っかってた。道路はずたずたで、途中で車を降りて雄太を抱いて歩いたわ。信じられないものがあちこちに転がってた。死体もいっぱい」

早紀子の目に涙がたまっていた。

「家はなくなってた。建てたばかりの家が、基礎だけ残して綺麗さっぱりなくなってたの。わたしの家だけじゃない。町が丸ごとなくなってたのよ。わかる？」

おれは首を振った。早紀子の目に焼きついた光景が想像できなかったのだ。

「馬鹿」

早紀子が言った。腹は立たなかった。

その後も、早紀子は震災後の自分たちのことを喋り続けた。近所の住人と出会い、避難所へ行ったこと。毎日のように家の近くまで行って夫や両親を捜したこと。見つからなかったこと。

時々馬鹿と罵《ののし》られながら、おれは最後まで、真剣に早紀子の話を聞いた。

＊＊＊

早紀子がバスルームから出てきた。部屋に備え付けの浴衣《ゆかた》を着ている。雄太はとっくに眠っていた。

「こっちに来いよ」

雄太のベッドに横たわろうとした早紀子を呼んだ。早紀子は素直に従った。おれが抱き寄せると、早紀子はおれのちんこに手を伸ばしてきた。

「なにもしなくていい」

おれは言い、早紀子の胸をはだけた。小さいが、形のいい乳房が剝き出しになる。

おれは右の乳首を口に含み、吸った。

エロい気分じゃなかった。おっぱいを吸いたかったのだ。子供のように、一心不乱に母親のおっぱいを吸いたかった。おれには決して与えられなかったものが恋しくてしかたなかった。

「ちょっと、ケンイチ」

早紀子が身体をよじった。

「じっとしててくれ。頼む」

今度は左側の乳首を吸った。なにも出てこない。

「おっぱいは出ないのか？」

「おっぱいって母乳のこと？」

おれはうなずいた。

「出るわけないじゃない。雄太はもう三歳だよ」

「妊娠すればまた出るようになるのか？」

早紀子がうなずいた。

「じゃあ、おれの子を生め」

「馬鹿」

本心を口にしたのに、早紀子は顔をしかめた。ぶん殴ってやりたかったが、殴る代わりにまた乳首を吸った。

母乳は出ない。それでもかまわなかった。早紀子の乳首を吸いながら、おれはこれまで味わったことのない気分に包まれていた。

多分、幸せってやつだ。おれには無縁だったものだ。

早紀子が眠るまで、おれは乳首を吸い続けた。

13

浩次郎の鼻の下で血が凝り固まっていた。寝ている間にまた鼻血が出たのだ。

「顔洗ってこいよ」

「うぃっす」

おれは金の入ったリュックを浩次郎のベッドの上におろした。

「女とガキはなにしてるんすか？」

バスルームで浩次郎の声が響く。

「早紀子と雄太だ」

「さ、早紀子さんと雄太はなにを？」

「寝てる」

水を流す音が聞こえてきた。すぐに浩次郎がタオルで顔を拭きながらバスルームを出てきた。

「ケンちゃん、本気なんすか。嘘だって言ってくださいよ。あんな女のどこがいいんすか。飽きたらおれにまわしてくださいよ。おれ、溜まりすぎてっから鼻血がどばど
ば出るんすよ」

「金やるから、風俗にでも行ってこい」

「ケンちゃん……」

「あの女、必死で雄太を守ろうとしてる。おまえもわかるだろう？」

「だからなんだってんすか？　ガキを守ろうがなにしようが、女は女ですよ」

浩次郎は知らない。早紀子が虎の目になることを。震災で運命を狂わされたことを。知っていれば、おれの気持ちも理解できただろう。だが、説明するのは面倒くさかった。

「ほら」

おれはリュックから万札を十枚抜き出した。

「これだけあれば、高級ソープだって楽勝だろ。行ってこい」

「こんな時間にやってるとこなんてあるかな」

ベッド脇のデジタル時計は午前九時半をさしていた。

「馬鹿。ここは東京だぞ。なんでもかんでも二十四時間営業に決まってんだろう」

「そうっすね。じゃ、おれ、行ってきます」

浩次郎は受け取った金をジーンズの尻ポケットにねじ込んだ。ドアを開け、振り返る。

「ケンちゃん、おれのこと捨てないでくださいよ。そんなことしたら、恨みますから」

「知るか」

浩次郎は薄笑いを浮かべながら出て行った。おれは電話に手を伸ばした。覚えたばかりの藤田の携帯の番号に電話をかける。寝起きなのか、藤田は機嫌が悪かった。

「こんな朝早くになんだ?」

「すみません。あの女が金を借りてたっていうとこの連絡先知らないかと思いまして」

おれは下手に出た。

「そんなこと知ってどうするつもりだ?」

「なにか情報もらえないかと思いましてね」

「おれは降りたぞ。はした金で喧嘩するような相手じゃねえ。おまえも諦めろ」

「経費かかってんすよ。それだけでもなんとか回収しないと、おれたち、やばいんす。連絡先だけでいいですから、お願いします」

「殺されて海に沈められても知らねえぞ」

「藤田さんには迷惑かけないっすから」

「ちょっと待ってろ」

おれは額に浮かんだ汗を拭った。

「稲葉《いなば》って野郎だ」それほど待たされずに藤田の声が戻ってきた。「携帯の番号言うぞ。いいか？」

おれは部屋に備え付けのメモパッドに稲葉の携帯の番号を書き留めた。

「ありがとうございます」

「てめえのケツはてめえで拭けよ。おれに泥被せるんじゃねえぞ」

「わかってるよ、ボケ」

おれは電話を切った。もうあの町には戻らない。早紀子とどこかで一緒に暮らすのだ。藤田がどれだけ怒ろうが知ったことじゃなかった。

煙草を一本灰にしてから稲葉という男に電話をかけた。

「はい」

ぶっきらぼうな声が電話に出た。

「稲葉さんでしょうか？」

「お宅は？」

「甘利早紀子の代理の者なんですが覚えてらっしゃいますか」

「忘れるわけがない。どんな用だ？　金を返すとでも言うのか？」

「ええ、そうなんです」

返事がなかった。

「もしもし？」

「わかって言ってるのかい？」

「はい？」

「あの女の借金がいくらあるかわかってるのかと訊いているんだ」

稲葉の言葉遣いは金融屋にしては丁寧だった。

「だいたいの話は聞いています」

「三千五百万ですよ」

「用意できるのは三千万までです」

おれは言った。相手の口にした数字に驚くことはない。

「回収しなきゃならない金は三千五百万。びた一文まかりませんよ」

「用意できるのは三千万までです」おれは同じ台詞を繰り返した。「明日、また連絡します。いい返事を待ってます」

相手がなにか言う前に電話を切った。連中のやり方はよくわかっている。脅したりなだめたりすかしたり。ありとあらゆる手を使って一銭でも多く搾り取ろうとするんだ。だが、ゼロじゃ話にならない。どう揺さぶってもそれ以上の金は出ないとわかれば、やつらは手を打つ。そういうものだ。

リュックを背負い、自分の部屋へ戻った。早紀子が雄太に歯磨きをさせていた。おれが部屋に入ると雄太がかけてきて、おれの太股にしがみついた。

「ちゃんと歯を磨け」

おれは言った。雄太は泣きそうな顔になったが、なんとか涙をこらえていた。おれは腰を下ろした。

「ちゃんと歯を磨いたら、雄太の行きたいところに連れてってやるぞ。どこに行きたい？」

「遊園地」

雄太が言った。

「よし。じゃあ、今日はディズニーランドに行くぞ」

おれはそう言って早紀子に顔を向けた。早紀子の喜ぶ顔が見たかったのだ。だが、早紀子は難しい顔をしておれと雄太を見つめていた。

14

平日のディズニーランドは人の入りもそこそこで、列に並んでアトラクションを待つこともそれほどなかった。

雄太はご機嫌だった。早紀子はご機嫌斜めだった。多分、雄太がおれにくっついて離れないからだ。

「そんな顔するなよ」おれは雄太を肩車しながら早紀子に言った。「せっかく雄太が楽しんでるんだぜ」

「言っておくけど、雄太はケンイチの子じゃないから」

「おれ、いい親父になれると思わねえか？」

「なにかあるとすぐに子供殴る父親になると思うよ」

「雄太を殴ったことはねえぞ」

「まだね」

早紀子はおれに殴られてできた痣を濃い化粧でごまかしていた。

「おい。約束するよ。雄太は当然だけど、もう、おまえも殴らねえ」

「ちょっと」

早紀子は立ち止まり、腰に両手を当てた。

「本気で言ってるの？」

「当たり前だろう。もう殴らねえよ」

「そうじゃなくて、本気でわたしたちの面倒を見るつもり？」

「面倒を見るとかそういうことじゃなくてよ……おれはおまえと結婚する。雄太の親父になるんだ」

「わたしはごめんよ」

早紀子はまわれ右すると、おれたちとは逆方向にすたすたと歩き出した。

「待てよ」おれは後を追った。「ごめんってのはどういう意味だ？」

「借金がなくなるのはありがたいけど、それとこれとは話が別でしょ。どこの世界に、何度もレイプされた男と一緒になりたがる女がいるのよ」

「だからよお、もうそういうことはしねえって」

「するよ。ケンイチみたいな男は、ちょっと腹が立つとすぐに手をあげる。一生そのまんま。変わらない」

「なんでおまえにわかるんだよ」

「わかるよ」

おれは早紀子の腕を取った。

「ほら」

早紀子が振り返った。顔が歪んでいる。おれは反射的に早紀子の腕を離した。

「今までのことは謝る」

「どうしてわたしなの？　いつでもやれるから？　おしゃぶりが上手だから？」

「そうじゃねえ」

おれは肩から雄太をおろした。雄太は次のアトラクションの方を見たままだ。

「じゃあなんなの？　わたし、特別美人じゃないし、凄い身体してるわけでもない」

「そんなことは関係ねえ」

なぜ早紀子じゃなきゃダメなのかはわかっている。だが、口に出すことはできなかった。軽蔑されそうな気がしたのだ。

「わたしを納得させてみなさいよ」

「おまえに惚れたんだ。それだけだ」

「呆《あき》れた」

強張《こわば》っていた早紀子の顔が少しだけゆるんだ。

「パパ、早く」

雄太がおれの手を引いて歩き出した。

「ケンイチはパパじゃないよ、雄太」

早紀子の声が追いかけてきた。おれは振り返った。

「帰りにどっかで服買おうぜ」

「服？」

「おまえと雄太んだよ。着替えいるだろう。好きなもの買っていいぞ。金はあるんだからよ」

　早紀子は立ち止まり、途方に暮れたような顔で空を見上げた。

＊　＊　＊

　ディズニーランドの帰りにショッピングモールへ寄った。早紀子はなにかに取り憑かれたかのように服を買い漁《あさ》り、おれの両手は買い物袋で塞がれた。電車に乗るのはかったるかったから、タクシーでホテルへ戻った。いくら使っても、リュックの中身が減ることはなかった。タクシーで移動中、雄太はおれの膝の上で眠りこけていた。早紀子はずっと窓の外を眺めていた。

　ホテルの部屋に戻ると、すぐにだれかがドアを激しくノックした。浩次郎だった。ドアを開けてやると、浩次郎は顔を真っ赤にしておれに詰め寄ってきた。

「どこ行ってたんすか？」

「ディズニーランドだ」

「ディズニーランド？　おれになんにも言わないで？」

「おまえだって大人の遊園地行ってただろうが」

「それとこれとは話が違うじゃないっすか。おれ、心配で心配でゲロ吐きそうだったんすよ」

「なにが心配だったんだよ？」

浩次郎は困ったような顔になって口を閉じた。

「なにが心配だったんだ？」

おれは同じ質問を繰り返した。

「ケンちゃんが……金持ったまま逃げたんじゃないかと思って」

「おれが？」

「ごめんなさい」

「おれがおまえに黙って逃げる？」

「だから、ごめんなさいって」

「情けねえこと言ってんじゃねえよ。あいつらがいなかったら、ぶっ殺してるところだぞ、てめえ」

おれは声をひそめた。早紀子と雄太はバスルームで手を洗っている。

「だって、おれ――」

「泣くんじゃねえ」

「は、はい」

「飯食いに行くぞ」

おれはバスルームに声をかけた。

「いらない。雄太は眠いみたいだし、ケンイチたちだけで行ってきて」

逃げるつもりなんじゃないか――嫌な考えが頭をよぎり、次の瞬間、ついさっき浩次郎に言った台詞がよみがえった。

情けねえこと言ってんじゃねえよ。

「わかった」

おれは言って、浩次郎と一緒に部屋を出た。ホテルの真向かいにあるラーメン屋に入り、チャーシュー麵の大盛り二杯とビールを頼んだ。

「ケンちゃん、本気なんすか？」

浩次郎はビールに見向きもせず、おれの顔を覗きこんだ。

「なにが？」

「あの女とガキのことっすよ。本気で一緒に暮らすつもりなんすか？」

「マジだよ」

「なんで？　女なんか、まんこついてるだけのクソだっていつも言ってたじゃないっすか」

「早紀子は違う」

おれは言ってビールを呷《あお》った。

「違わないっすよ」

「浩次郎、ガキを守るときの早紀子の顔見たか？」

浩次郎が首を振った。

「早紀子はおれやおまえのおふくろとは違う」

「違わないってば」

浩次郎は駄々をこねるガキだった。

「うるせえ」

「ケンちゃん、騙されてるんすよ」

「なんだそれ？」

「あの女、金が目当てなんすよ。そうじゃなかったら、ケンちゃんとなんか一緒にいないって。あんだけ顔も腫れてるのに」

「今はそうでも、そのうちおれに惚れるさ」

浩次郎の目がまん丸になった。

「ケンちゃん、ちょっとすんません」

浩次郎はおれの額に手を当てた。

「熱なんかねえよ」

「だって、ケンちゃんがケンちゃんじゃないから……惚れさせるって、なにを根拠に言ってるんすか」

「おれがこれだけ惚れてるんだ。気持ちは絶対伝わるだろうが」

「信じらんねえ」

浩次郎は天井を見上げて首を振った。

「なんだ、その態度。なめてんのか、こら」

反射的にビールジョッキを握り、焼肉屋で浩次郎の頭にぶつけたことを思い出して冷や汗を掻いた。

「おれがケンちゃん守らないと」

浩次郎の鼻から血が流れてきた。

「鼻血出てんぞ」

おれはカウンターにあったティッシュの箱を押しやった。

「三発も抜いてきたのになんでだろ？」

浩次郎は首をかしげながら鼻血を拭い、ティッシュを鼻の穴に詰め込んだ。チャーシュー麵が運ばれてきた。

「とっとと食って部屋に戻るぞ」

「戻ったらあの女とやるんすか？」

「馬鹿。雄太がいるんだぞ。できるか」

「あの女はどうでもいいけど、雄太は可哀想だよなあ」

おれたちはチャーシュー麵を啜った。

「浩次郎、おまえ、ほんとに分け前受け取って帰れ」

「いやっすよ」

「マジで言ってんだよ。これからはやばいことになるかもしれねえ」

「おれはあの女からケンちゃんを守らないとならないんすから」

「てめえ、おれの話聞いてんのか、こら」

「ケンちゃんこそ、たまにはおれの話聞いてくださいよ」

おれは浩次郎を睨んだ。浩次郎は怯《ひる》まなかった。舌打ちして視線を外した。ぶん殴ってやりたいが、鼻血のことを考えると二の足を踏む。どうにも調子が狂ってしかたがない。

浩次郎の言うとおり、おれたちは魂の兄弟《ソウル・ブラザー》だ。

おれと浩次郎は夜の薄汚い街角で出会った。お互いを見た瞬間、同類だと悟り、それからずっとつるんできた。おれがムショに入っている間、浩次郎は生きたまま身体をふたつに切り裂かれたみたいだったと言った。そこまでじゃないが、おれも浩次郎がそばにいないと不安だった。まるで、おれがおれじゃないみたいに感じるときがよくあった。

ムショじゃ腐るほど時間があったから、よく本を読んだ。一生分の本を読んじまったぐらいだ。その中に、結合双生児に関する物語があった。それを読んでいるときに、おれは確信した。おれと浩次郎は魂の結合双生児なのだ。

一方が死ねば、もう一方も死ぬ場合もある。そうならないよう、互いに支え合って生きていかねばならない。

だが、おれは早紀子を見つけてしまった。早紀子と暮らすには浩次郎と別れなければならない。

おれにはひとりぼっちになった浩次郎を想像することができなかった。

＊＊＊

早紀子と雄太は寝ていた。音を立てないよう気をつけたのだが、早紀子がすぐに目を覚ました。雄太を起こさぬよう気をつけながらベッドの端に腰掛ける。

「なによ？」

そう言われて、おれは自分が早紀子をまじまじと見つめていたことに気づいた。

「逃げなかったのか」

「逃げたくても一文無しじゃどこへも行けないわ」

「そうか」

おれはリュックをおろし、中から札束をひとつ、取り出した。

「とっておけよ」

早紀子はおれが手渡した札束を困ったような目で見つめた。

「いいの？」

「金がなきゃ困るだろう」

「ケンイチって、変なの」

「そうか」

「わたしたちが逃げるの嫌なくせに、お金渡すなんて」

「おまえは逃げねえよ」

「なんで言い切れるの？」

「おれが初めて惚れた女だからだ」

早紀子が笑った。雄太を起こさないように口を押さえ、だが、全身を震わせて笑った。

「なにがおかしいんだ」

おれは言った。無意識のうちに両手を強く握っていた。

「初めて惚れたとか、つまんない映画の台詞みたい」

早紀子は途切れ途切れに言った。何度も笑いの発作に襲われている。おれは手から力を抜いた。自分が間抜けに思えてきた。

「ごめんね。こんなに笑うつもりじゃなかったのに」

早紀子は目尻の涙を拭きながらおれの横に移ってきた。

「今夜もおっぱい吸うの？」

「いいのか？」

「いいけど、それだけで大丈夫？　抜いてあげようか？」

早紀子の手がおれの股間をさすった。

「そっちはいい」

おれは早紀子を抱きしめ、ベッドに倒れ込んだ。早紀子の服をたくしあげ、ブラをずらし、乳首を口に含む。

早紀子がおれの肩を抱いた。

疲れが消えていく。暖かい水に浮かんでいるような気分になっていく。その水が口から流れ込み、おれの内側を満たしていく。

幸せだった。これが幸せなのだと思った。

心地よいメロディが耳に流れ込んできた。早紀子が子守歌をうたっていた。おれのためにうたっているのだ。

胸がいっぱいになって、涙が溢れてきた。

早紀子がおれの頭を撫でた。

「泣いていいんだよ、ケンイチ」

「おれみたいな客がいたのか?」

乳首を口に含んだまま、おれは訊いた。

「時々いるよ。そういうお客さん相手にしてると、胸が痛くなってくるんだよね」

「今もか？　今も胸が痛いのか？」

早紀子が首を振った。

「なんでだろう。胸は痛くないよ。ケンイチが可哀想なだけ」

おれは反対側の乳首を口に含み、赤ん坊のように吸った。

15

十時になるのを待って、電話をかけた。稲葉はすぐに電話に出た。待ち構えていたのだ。

「どうなりました？」

「三千万、耳を揃えて返すということでしたね」

「ええ。もちろん、キャッシュで」

「いいでしょう。五百万はおまけします」

稲葉の声音は妙に優しかった。

「金、どこへ持っていけばいいですか？」

「うちの事務所へ」

「勘弁してくださいよ。怖い人たちに囲まれて、残りの五百万も出せなんて脅されたら、小便ちびっちゃいますから」

含み笑いが聞こえた。

「じゃあ、どうしましょうか」

「どこか、人目のあるところでお願いします」

「人目のあるところで三千万もの大金を受け取れって?」

「頼みますよ」

「ちょっと待ってください――」

稲葉の声が遠のいていく。おれはそっと息を吐き出した。そばで固唾《かたず》を呑んでいた浩次郎も溜息を漏らした。

「江東《こうとう》区の南砂《みなみすな》はわかりますか」

稲葉が言った。

「ちょっと待ってください」おれは送話口を手で押さえ、浩次郎に囁いた。「江東区の南砂だってよ」

浩次郎がスマホの地図アプリを呼び出した。南砂一帯が画面に表示される。

「はい、わかります」

「南砂町駅近くに新砂《しんすな》って再開発されたエリアがある」

「新砂ですか……」

浩次郎の指がめまぐるしく動いていた。

「そこにスナモっていうショッピングセンターがあるんだが」

「スナモ？」

また浩次郎の指が動く。稲葉が言ったショッピングセンターが画面に表示された。

「けっこう立派なショッピングセンターですね」

「そこの屋上の駐車場でどうですかね。日中なら、そこそこ人もいる」

「何時？」

「三時でどうでしょう」

「わかりました。今日、午後三時に新砂のスナモの屋上駐車場」

「わたしはＢＭＷのＸ５という車で向かいます」

「了解」

「では、後ほど」

稲葉が電話を切った。おれも電話を切る。

「早紀子、おまえ、この金貸しの事務所の場所、わかるか？」

早紀子がうなずいた。

「錦糸町《きんしちょう》の駅の近く」

「よし、行くぞ」

「行くって、どこに？」

浩次郎が間抜けな面で間抜けな声を出した。

「事務所を見張るんだよ。ろくでもねえこと企んでねえかどうか確かめるのにな」

「なるほど。ケンちゃん、そういうことには滅法頭が回りますよね」

「うるせえ」

おれは浩次郎の頭を小突いた。鼻血は出なかった。

＊　＊　＊

早紀子が指差したのはラブホテルが建ち並ぶ一画にある雑居ビルだった。

「あのビルの三階」

そこが金融会社だと知らせる看板は一切出ていなかった。やばいところがケツ持ちしているやばい金貸しなのだ。

浩次郎が車をビルの向かいに停めた。

「ここ、駐禁だろ?」

「でも、他に停めたら見張りできないっすよ」

「おれが見張ってる。おまえは早紀子たちを連れて、この辺り、流してろ」

「いいんすか?」

「疲れたら交代だ。そんときは電話する」

「了解っす」

おれは車を降り、リュックを背負った。リュックにはきっちり三千万の金を詰めてある。残りの金はトランクの中だ。

ガードレールに腰をかけ、煙草をくわえてジッポで火をつけた。おれの目の前を通り過ぎようとしていた婆あが立ち止まり、おれを睨んだ。

「路上喫煙は禁止だよ。今時、常識だろう」

大阪《おおさか》のおばはんかと思うほど派手な化粧に派手な服を着た婆あだった。むかっ腹が立ったが、なんとか自分を抑えた。ここで騒ぎを起こしたり、おまわりを呼ばれたりするわけにはいかない。

「あ、すんません。つい、うっかり」

おれはつけたばかりの煙草を捨て、靴の裏で火を消した。

「吸い殻、拾うんだよ。路上はゴミ捨て場じゃないんだからね」

腹の奥が冷たくなっていく。おれは作り笑いを浮かべて吸い殻を拾い上げた。落ち着け、落ち着け、落ち着け——頭の中で自分をなだめる。

婆あが鼻を鳴らして歩き去った。おれはその背中めがけて吸い殻を投げつけた。

世知辛い世の中だ。煙草一本、吸わせてはもらえない。

苛ついてくる。それを鎮めるために、ジッポの蓋を開けては閉めた。飽きることなくそれを繰り返した。

どれぐらいそうしていただろう。黒塗りのレクサスがやって来て、ビルの前に停まった。明らかにヤクザだという面構えと服装の男が助手席から出てきて後ろのドアを開ける。明らかにヤクザの幹部だという面構えと服装の男が降りてきた。

ふたりがビルの中に消えた。レクサスは路肩《ろかた》に停まったままだ。品川《しながわ》ナンバーだった。

男たちがビルに入って五分ほどすると、今度はポルシェのカイエンがやって来てレクサスの真後ろに停まった。降りてきたのは銀行員みたいな男だった。企業舎弟《しゃてい》かなにかだろう。平日のこんな時間にカイエンを乗り回している銀行員なんかいるわけがない。

おれは唇を噛んだ。稲葉の事務所からやばい匂いがぷんぷん漂ってくる。なにか異常事態が発生したに違いない。

「どうする？」

おれは呟いた。この異常事態の発生源がおれたちなら逃げるしかない。だが、全然関係のないことなら逃げるのは馬鹿だ。いずれにせよ、金貸しが金を諦めることはない。金さえ返せば縁を切ることができるのだ。

どれだけ考えても結論は出なかった。そうこうしているうちに、レクサスのヤクザとカイエンの企業舎弟がビルから出てきた。ヤクザの手下が先頭で、ヤクザと企業舎弟の後ろに初めて見る小男がいた。レクサスに乗り込むヤクザに企業舎弟と小男が深々と頭を下げた。

「あれが稲葉？」

おれはさりげなく小男を見つめた。身長は百五十センチ台半ばだろうか。全体としてのバランスは取れているのだが、背が低すぎる分、滑稽《こっけい》な感じが全身から滲み出ていた。綺麗に撫でつけた髪の毛や小洒落《こじゃれ》たスーツがお笑い芸人の小道具のように見えてしまうのだ。電話で聞いた丁重な声も見かけからは想像できないものだった。

レクサスが走り去っていった。稲葉と企業舎弟はレクサスが見えなくなるまで気をつけの姿勢でいた。怖いヤクザなのだ。それから、ふたりは立ち話をはじめた。身振り手振りでなにかを訴えている稲葉に、企業舎弟がうなずいている。

やがて、企業舎弟もカイエンに乗って走り去った。取り残された稲葉はスーツの胸ポケットから取り出したコームで髪の毛を整えながらビルの中に消えていった。

＊　＊　＊

空腹に耐えかねて浩次郎に電話をかけた。携帯はホテルで充電しておいた。二時間以上、ひとりでビルを見張っていたことになる。レクサスとカイエンがいなくなってからは別に変わったことはなかった。

浩次郎の運転する軽がやって来た。助手席にコンビニの袋が置いてある。

「お握りとかサンドイッチとか適当に買ってあります」

車を降りた浩次郎が言った。

「気が利くじゃねえか」

おれは浩次郎の顔を覗きこんだ。こういうことに気が回るタイプじゃない。

「彼女が――」

浩次郎は車に顎をしゃくった。

「やっぱりな。見張り、頼むぞ。なにかあったら電話しろ」

「うぃっす」

浩次郎は調子のいい返事をして車から離れていった。

おれは車を発進させた。後部座席では雄太がオモチャで遊び、それを早紀子が見守っていた。

「飯は？」

「わたしたちはもう食べたから」

「雄太にはなにを食わせたんだ？」

「コンビニの菓子パンだけど」

おれは息を吐き出した。

「今はしょうがねえけど、そのうち、雄太にはちゃんとしたものを食わせてやらねえとな。どうせ、齋藤のところにいたときだってろくなもの食わせてもらってねえだろう。見ろよ、がりがりだ」

おれはルームミラーを覗きこんだ。雄太は間違いなく痩せ細っている。早紀子が不思議な目でおれを見つめていた。

「なんだよ？　言いたいことがあるなら言えよ。遠慮はいらねえぞ」

「ケンイチ、子供がいるの？」

思わず笑ってしまった。

「いるわけねえだろう」

「どうして雄太のことそんなに気にかけてくれるのよ」

「おれのガキになるからだ。本当の父親じゃねえけど、可愛がってやるつもりだ」

早紀子がうつむいた。

「なんだよ。気にいらねえのか？」

おれは振り返った。

「ちゃんと前を向いて運転してよ」

早紀子に一喝され、おれは前を見た。トラックのケツがすぐ目の前に迫っていた。アクセルから足を離し、車間距離を取った。

「気にいらねえのかって訊いてるんだよ」

「驚いただけ」早紀子はまた顔を伏せた。「子供好きなようには見えないもん」

「ガキは好きじゃねえ。だけど、おまえのガキは別だ」

おれは言った。よくもこんなこっぱずかしい台詞を口にできたもんだ。だが恥ずかしさはこれっぽっちも感じなかった。早紀子には正直でいよう――そう決めたのだ。

一時停止可能な路肩が見えてきた。おれは車を停め、助手席の袋からお握りとペットボトルのお茶を引っ張り出した。包装を乱暴に外し、お握りを頬張った。

「ぼくもお握り食べる」

雄太が叫んだ。

「雄太はさっき食べたじゃない。あれはケンイチのご飯だよ」

「食べたいんだもん」

「ほらよ」

おれは食べかけのお握りを雄太に渡した。

「ゆっくり嚙んで食べるんだぞ」

自分のことは棚に上げた。こういうときはだれだってそうするもんだろう。

雄太はお握りを受け取ると嬉しそうに笑った。まるで太陽みたいな笑顔だった。

「嬉しいか？」

「うん」

「好きなだけ食べろ。足りなくなったらおれが買ってきてやるから」

「うん」

雄太はお握りにかぶりついた。頬にご飯粒をくっつけながら旨そうに食べていく。

その様子を早紀子が目を細めて見守っていた。

心臓の辺りが熱くなっていく。その熱は少しずつおれの身体に広がっていった。

おれの心の奥の奥には氷の塊が転がっている。おふくろのせいでできた氷だ。馬鹿みたいに冷たくて、馬鹿みたいに硬い氷で、運動をしようが風呂に入ろうが溶けたためしがない。

だが、雄太の笑顔とそれを見つめる早紀子の眼差しがその氷を溶かしてしまいそうだった。

雄太は昔のおれで、早紀子はおれのおふくろだ。雄太のように笑いたかった。雄太のように見つめられたかった。

過去に戻ることはできない。なら、おれが夢見ていた家庭や家族の姿をこの手で築くのだ。

おれが欲しかったのは愛情だ。だから、早紀子にも雄太にもたっぷり愛情を注いでやる。

お握りを一口食っただけなのに腹はいっぱいになっていた。身体が火照《ほて》って、首筋が汗で濡れていた。

「ケーキ食べたい」

お握りで頬を膨らませた雄太が叫んだ。

「よし、ケーキ買いに行こう」

おれは歌うように言って、車を発進させた。

＊＊＊

早紀子と雄太がコンビニに入っていった。おれはちゃんとしたケーキ屋に行こうと思っていたのに、早紀子がコンビニで充分だと言い張ったのだ。

携帯が鳴った。浩次郎からの電話だ。

「なにかあったのか？」

おれは電話に出た。

「彼女、そばにいます？」

「彼女って、早紀子のことか？　コンビニで雄太と買い物してる」

「ケンちゃん、あの女ヤバいっすよ」

浩次郎の声が変わった。

「なにが？」

「ケンちゃんいない間、おれのこと誘うんすよ。好きなだけやらせてやるから、ケンちゃん出し抜いて逃げようって」

溶けかけていたはずの氷が急激に冷えていく。

「でたらめ抜かしてると殺すぞ、こら」

「マジっすよ。ケンちゃん騙して金入ってるリュック手に入れて逃げようって、何度も誘われたんすから」

おれはコンビニに目を向けた。早紀子たちの姿は見えない。

「もうあの女のことなんて放っておいて、おれたちだけで金いただいちゃいましょうよ」

「だめだ」

「ケンちゃん——」

「おれは早紀子と雄太と暮らす。もう決めたんだ」

「ケンちゃんはそのつもりでも、あっちは——」

「浩次郎」

おれは声を低めた。

「はい」

浩次郎の声が緊張する。おれの声が低くなったあとに痛い目に遭ったことが何度もあるのだ。

「これ以上ぐだぐだ抜かしたら、ただじゃ済まねえぞ」

「ケンちゃん――」

「黙れ」

返事はなかった。不満たらたらな雰囲気が伝わってくるだけだ。

「一時半になったら迎えに行く。早紀子の借金をチャラにして、そうしたら、東京を離れるからな」

「わかりました」

電話が切れた。コンビニから早紀子たちが出てくる。おれは身体を伸ばして助手席側のドアを開けた。

「早紀子、おまえはこっちに乗れ」

早紀子は怪訝そうな顔をしたが、おれの言葉に従った。早紀子がドアを閉めるのを待って車を出した。

「どうしたの、怖い顔して」

横顔に早紀子の視線を感じた。

「普通の顔だ」

「嘘。なにか怒ってるでしょ」

おれは口を閉じた。バックミラーにパトカーが映ったからだ。パトカーは交差点を横切ってどこかに走り去った。溜めていた息を吐き出し、額の汗を拭った。

「どうしたの？」

「パトカーがいたんだ」

「安全運転してれば平気でしょ」

「無免なんだよ」

早紀子は無表情になった。

「なんだよ？」

「やばいお金持ち歩いてるのに無免許で運転してるの？」

「ああ」

「ケンイチってほんとに馬鹿？」

「安全運転してれば平気だ」

早紀子はこれ見よがしに腕を組み、シートの背もたれに身体を預けた。

腹を立てているみたいだった。なにかが間違っている。

「浩次郎に、一緒に逃げようって言ったんだってな」

「なにそれ」

早紀子はけだるそうな声で言った。その横顔からは動揺の欠片《かけら》ひとつ見つけることはできない。

「おれから金を奪って逃げようって持ちかけたんだろう？」

「あいつ、なんか変だよね。しょっちゅう鼻血出すことと関係ある？」

「浩次郎がおれに嘘をついてるってのか？」

「それはわかんないけど、妄想と現実がごっちゃになるとか……ずっとわたしのこといやらしい目で見てたし」

「なあ、早紀子」

「なに？」

「嘘をつくならもっと上手な嘘にしろ。浩次郎のことはよくわかってんだよ」

早紀子が鼻を鳴らした。

「お金返すなんて馬鹿げてるもの。借金って言うけど、ほとんどは利子なのよ」

「返さねえとどこまでも追いかけてくる」

「逃げればいいじゃない」

「おれはごめんだ」

「ケンイチはそうかもしれないけど、わたしは平気」

早紀子は自信満々だった。ふてぶてしいと言ってもいいほどだ。

「雄太はどうするんだよ」おれは言った。

「おまえは平気でも雄太はそうじゃねえだろう」

早紀子がおれを見た。

「雄太をまただれかに預けんのか？　齋藤みたいな野郎によ？　連れて行くにしても、居場所を転々とするんじゃ友達もできねえ。学校にも行けねえ。それでいいのか？」

「ケンイチって、時々まともなこと言うんだね……」

「時々じゃねえ。いつだっておれはまともだ」

「雄太の将来のことまでは考えてなかったな……」

「雄太のために借金を返す。そう思えば少しはマシな気分になれんだろ」

早紀子はシートに座り直した。

「ケンイチのこと、見直した」

「なんだよ、それ」

「ボコボコにされるんだと思ってた。痛いの嫌だから、怖くて怖くて、でも、弱さ見せるとつけあがるだけだから、我慢してた」

「他人に弱みを見せちゃいけねえ」

おれは呪文のように言った。それは間違いなく呪文だった。おれや浩次郎はいつも自分に言い聞かせていたのだ。

他人に弱みを見せちゃいけねえ。舐められるだけだ。

それはおれたちの信条であり、自分たちを守るための呪文でもあった。おれたちはその言葉にすがって生きてきた。

だが、おれはその言葉を捨てようと思う。そうしなけりゃ、変われないからだ。

「だけど、家族は話が別だ。そうだろう？」

「家族か……」

早紀子が首をねじった。雄太が眠っている。ほっぺたに、ケーキのクリームがべったりとくっついていた。

「そうだね。家族とはすべてを分かち合わないとね」

早紀子が言った。まるで、呪文を唱えているみたいだった。

16

浩次郎をピックアップして運転を替わってもらった。二時過ぎにはスナモに到着した。

「おまえらはここで待機だ」

ひとりだけで車を降り、リュックを背負った。

「ひとりで大丈夫っすか?」

浩次郎が窓を開けた。

「最初は見張るだけだ。きな臭い感じになったら逃げてくる」

おれは言った。稲葉のところにやって来たヤクザと企業舎弟の顔が脳裏にちらついている。おれたちとは無関係だと思いたいが、そうじゃない場合は面倒なことになる。

「ケンちゃん、気をつけて」

「わかってるよ」

車を離れようとして、おれはやらなきゃならないことを思い出した。リュックのポケットから早紀子のスマホを取り出した。

「早紀子、ほら」窓越しにスマホを渡した。「万一の時、連絡が取れなくなったら困るからな」

「ありがとう」

早紀子はスマホを受け取ると、すぐに電源を入れた。メールをチェックしようとして、途中で手をとめた。

「気をつけてね」

早紀子はスマホを上着のポケットに押し込んだ。

「トランク開けろ」

おれは浩次郎に言って、工具箱から取り出したレンチをジーンズの腰に差した。

＊　＊　＊

カイエンが停まっていた。稲葉の事務所で見たのと同じ型、同じ色、同じナンバーだった。運転席に例の企業舎弟が座り、後部座席に強面《こわもて》の男がふたり、乗っている。レクサスは見えなかった。

頭の奥で警報ベルが鳴り響く。

やばい、やばい、これはマジやばい。

おれはまわれ右をした。だが、煙草の匂いをぷんぷんさせた男ふたりに視界を塞がれた。

「甘利さんの代理の方?」

右側の男が言った。ふたりとも、ヤクザだとすぐにわかる。

「甘利? だれそれ?」

ふたりの間をすり抜けようとしたが、肩を摑まれた。

「脇田だろう? 脇田健一」

悪寒《おかん》が背中を駆け抜けた。

「そいつも知らねえ。なんなの、あんたら?」

おれの肩を摑んでいるのはスキンヘッドの男だった。プロレスラーみたいな体格で、手を振り払おうとしてもびくともしない。

「面は割れてんだよ、脇田」

もうひとりは下駄みたいな顔をした男だった。和田の顔が脳裏をよぎっていった。

おれの身元が割れたのはあいつのせいだ。あいつがだれかに泣きつき、そのだれかがヤクザに泣きついたのだ。

「脇田ってだれっすか」

おれはさりげなく背中に手を回した。レンチの柄が親指に当たった。

「おめえだよ。とぼけてるんじゃねえ――」

レンチを握り、引き抜いた。その勢いのまま、スキンヘッドの横顔に叩きつける。スキンヘッドは砕けた歯と血を吐き出しながら倒れた。

「てめ――」

下駄顔が殴りかかってきた。その腕にレンチを叩きつける。腕が変な角度に折れ曲がった。下駄顔が口を開ける。悲鳴が漏れてくる前に、レンチで殴った。歯が砕ける。レンチの先端が男の口の中に飲みこまれる。カイエンに乗っている連中はまだこっちに気づいちゃいない。

レンチから手を離した。下駄顔が倒れる。おれは一目散に逃げ出した。

＊　＊　＊

「車を出せ」

助手席に飛び乗るなりおれは叫んだ。

「なにがあったんすか？」

浩次郎がギアをドライブに入れながら訊いてきた。

「いいから早く」

車が急発進した。おれはヘッドレストに頭を打ちつけた。腹は立たなかった。サイドミラーを睨みつける。おれを追いかけてくる人間も、駐車場から飛び出てくるカイエンの姿もない。

「どこ行きゃいいんすか？」

「どこでもいい。とにかくここから離れろ」

話すたびに口元が強張った。ルームミラーを自分の方に向けた。返り血を浴びて、おれの顔は真っ赤に染まっていた。

「はい」

後ろから手が伸びてきた。早紀子の手だ。ウェットティッシュを握っていた。礼も言わずに受け取り、顔を拭った。ちらりと見ると、雄太が早紀子にしがみついていた。おれの放つ気配に怯えている。

前方の交差点で信号が黄色に変わった。浩次郎はかまわず突っ込んだ。早紀子が雄太を抱きしめる。

交差点を突っ切った直後、後ろでクラクションが鳴った。アルファロメオが信号を無視して交差点を横切っている。

「浩次郎、追われてるぞ」

おれは言った。アルファロメオはどこかで待機していたんだろう。信号が変わらなければ気づかなかった。危ないところだった。

「しっかり摑まっててくださいよ」

浩次郎が言った。舌なめずりしている。こういうことが好きなのだ。

軽のエンジンが悲鳴に似た音を立てた。浩次郎が軽快にステアリングを操作する。パワーじゃアルファロメオにかないっこないが、ごちゃごちゃしている東京の道路じゃ、軽にだって勝ち目はある。

減速と加速の繰り返しが続いた。シャシーが左右にロールする。胃がでんぐり返り、目がまわる。おれは手すりにしがみついて耐えた。ルームミラーを見ると、早紀子は身を屈《かが》めていた。雄太は窓の外をじっと見つめていた。

唇の端が吊り上がり、目がらんらんと輝いている。

「わあああああああああああ」

雄太が叫んだ。車が加速するたびに、タイヤが悲鳴をあげるたびに、歌うように声をあげる。車の挙動が突然変化しても上手にバランスを取りながら叫び続けた。

「これ、気に入ったか、雄太」浩次郎が嬉しそうに言った。「そうか、気に入ったか。よし、もっと楽しませてやるぞ」

浩次郎はステアリングを切った。後輪がすべりはじめた。グリップを失ったタイヤを逆ハンでコントロールする。浩次郎の操る軽自動車はドリフトしながら交差点に進入していった。

＊　＊　＊

「もうだいじょうぶでしょう」

浩次郎が軽のスピードを緩めた。あちこちでパトカーのサイレンが鳴っている。捜しているのはおれたちか、それともアルファロメオの連中か。いずれにせよ、この軽に乗り続けることはできない。

「どこかで停めろ。降りるぞ」

「了解」

おれは振り返った。早紀子の顔が青ざめている。雄太は満足げだった。

「だいじょうぶか？」

「ちょっと気持ち悪いだけ」

「雄太は？」

返事はなかった。だが、雄太は微笑んでいた。

「浩次郎、ここはどこだ？」

「さっき、堀切《ほりきり》ってどこかに書いてありましたけど」

「車停めたら最寄りの駅を探せ。電車で移動するぞ」

おれは口と目を閉じた。借金は綺麗にしておきたかった。そうしておいてこそ、だれの目も気にせずに生きていくことができるのだ。だが、金の出所が知れてしまった今、それは不可能になった。やつらは血眼《ちまなこ》でおれたちを捜し続けるだろう。なんとかやつらの目をかいくぐって生きていかなければならない。

「くそっ」

おれはダッシュボードに拳を叩きつけた。和田の野郎、今度会ったらただじゃおかねえ。

浩次郎が車を停めた。病院の駐車場だった。

「ケンちゃん、どこに行くつもりっすか？　それによっちゃ、向かう駅が変わってくるんで」

「船橋《ふなばし》だ」

「それなら、堀切菖蒲園《しょうぶえん》駅から乗りましょう。駅、近いっすから」

「よし、行こう」

「待って」

早紀子が叫ぶように言った。

「なんだよ？」

「なにがあったのか説明して。わけもわからないまま連れ回されるの、我慢できない」

「そう言えばそうっすね」

おれは浩次郎を睨んだ。浩次郎は慌てておれの顔から視線を外し、わざとらしく口笛を吹いた。

「待ち合わせ場所に行ったらヤクザがいた。おれの名前と顔も知っていたんだよ。だから、そいつらを殴って逃げてきた」

「ケンちゃん、まさか、ヤクザをぶちのめしてきたんじゃないでしょうね」

浩次郎の顔からも血の気が引いた。

「おれをだれだと思ってんだ。舐めんなよ」

「やっちゃったんすね？」

浩次郎は泣き顔になった。

「だから、最初から借金返そうなんて考えなければよかったのよ」

「ああいうところからの借金はきっちりカタつけておいた方がいいんだよ」

「カタ、つけられなかったじゃない。そもそも、あれはまずいお金なんだから——」

「そんなことはわかってる」

「ほんとに？」

早紀子が運転席と助手席の間から顔を突き出してきた。

「ほんとにわかってるの？」

「ぶん殴るぞ、こら」

「殴れば」

早紀子は怯まなかった。虎の目がおれを睨んでいる。おれの馬鹿さ加減に本気で腹を立てている。

「今さらああだこうだ言ったってしょうがねえだろう。もうどうにもならねえんだよ」

「次からは、なにかする前にわたしやコージローの意見も聞いてよね」

おれは早紀子の顔に自分の顔を近づけた。虎の目を間近から睨みつける。

「うるせえ」

言葉をひとつずつ区切って、吐き出すように言ってやった。

早紀子が唇を嚙んだ。

「さあ、行くぞ」

おれは車から降り、トランクの金をリュックに詰め込んだ。

「さっきのウェットティッシュ、まだあるか？」

まだ車内にいる早紀子に声をかけた。早紀子はうなずいた。

「浩次郎と一緒に、車の中、拭いてくれ。おれと浩次郎が触ったかもしれねえ場所だ。おまえ、警察に指紋取られてるか？」

早紀子は今度は首を横に振った。

「じゃあ、おまえと雄太のことは気にしなくていい。手抜くなよ、浩次郎」

「わかってまあす」

ここのところど突いていないせいか、浩次郎が舐めた口の利き方をする。おれは怒りをこらえて携帯を取りだし、アドレス帳を開いた。目当ての番号を見つけ出して発信ボタンを押した。

かなり待たされてから電話が繋がった。

「もしもし」

不機嫌な声は相変わらずだった。

「裕也《ゆうや》か？　おれだ。ケンだ」

「ケンって、脇田のケンちゃん？」

「ああ、そうだ」

裕也は昔のワル仲間だ。浩次郎と組んで、街道レースで名を馳せていた。今は船橋で盗難車をばらす仕事に携《たずさ》わっている。

「まずいよ、ケンちゃん」裕也が声をひそめた。「脇田健一って野郎から連絡があったらすぐに知らせろって、うちみたいなところにもお触れが出てるぜ」

おれは舌打ちをこらえた。

「いつの話だ？」

「昨日の夜。なにしでかしたんだよ？」

「知らねえ方がいい」

「そ、それもそうだな」

「どうしても車がいるんだ、裕也。足がついてねえやつ」

「無茶言うなよ。ケンちゃんに車まわしたことがばれたら、おれ、東京湾に沈められるわ」

「三百万、キャッシュで払う。なんとかならねえか」

「ケンちゃん、マジ、なにしでかしたんだよ？　まさか、極道の金パクったとか

――」

「なんとかしてくれるのか、してくれねえのか、聞きてえのはそれだけなんだよ、裕也」

「車種はなんでもいいのかよ？」

裕也の声が変わった。恐怖と金を天秤《てんびん》にかけて、秤《はかり》が金の方に傾いたのだ。

「任せる」

「じゃあ、今夜十二時に、船橋オートレース場の駐車場で。いい？」

「わかった。恩に着るよ、裕也」

「金、忘れないでよ、ケンちゃん」

「わかった」

電話を切った。浩次郎がこっちを見ていた。

「裕也？」

「ああ」

「元気してました？」

「あいつんところにも、やつらが手を回してる」

おれは人差し指を頬の上から下へ走らせた。

「なんで？」

「決まってんだろ」

今さらながら、早紀子が言った言葉が脳味噌《のうみそ》に染みこんできた。

あれはやばい金なのだ。どうしようもなくやばい。

「くそっ」

おれは軽のボディに蹴りを入れた。鈍い音がして、ぺらぺらのドアがへこんだ。

17

船橋駅前のビジネスホテルに部屋を取り、ファミレスで腹を満たした。おれと浩次郎は鉄板の上にこれでもかというぐらいのステーキとハンバーグが載ったセット、早紀子は野菜たっぷりのパスタ、雄太はサンドイッチを食った。

一旦部屋へ戻り、休息を取る。部屋にいる間も、飯を食っているときも、早紀子はおれと口をきこうともしなかった。

「まだ怒ってんのかよ」

ふくれっ面の早紀子に声をかけた。雄太はベッドで寝息を立てている。

「ケンイチが勝手なことしなきゃ、こんな面倒なことになってないもの」

「おれだってこんなことになるとわかってたら借金返そうなんて思わなかったよ」

「なにかする前にちゃんと頭使ってよ」

やばい。腹の奥が冷えていく。もう殴ったりはしないと約束したのだ。おれは冷蔵庫から缶ビールを取り出した。怒りを抑えるために、中身を一気に流し込んだ。炭酸の刺激が怒りをなだめていく。

「おれが悪かった」

空になった缶を握りつぶしながら言った。早紀子が目を丸くした。

「なんだよ」

「ケンイチでも、人に謝ることなんてあるんだ」

「あたりめーだろう」

「時々びっくりさせられるな。ケンイチにも、コージローにも」

「浩次郎に？」

「気持ち悪くなったけど、車の運転、めっちゃ上手かった」

「あいつはマジでレーサーになりたがってたからな」

おれは目頭を揉んだ。たった一本の缶ビールで、もう酔いがまわっている。

「どうしてレーサーにならなかったの？」

「おれたち、夢はかなわねえってことになってんだよ。浩次郎はマジ、車の運転が上手い。で、あるレーシングチームに呼ばれたんだ。ラリーやってるチームなんだけどな。浩次郎はそこで、ガソリンからオイルからなにから、売れるもん、全部盗んで売り払った。それでおしまいだ」

「どうしてそんなこと？」

「さあな」おれは欠伸をかみ殺した。「なにか気に食わねえことがあったんだろう。おれは知らねえ」

「弟分が夢を台無しにしたのに、そのわけを訊かなかったの？」

「ラリーのドライバーになれそうだって言って、浩次郎は出て行った。それからしばらくして、やっぱ無理だったたっすって言いながら戻ってきた。それだけだ。理由ったって、どうせしょうもねえ理由だ。訊くだけ無駄だよ。それがおれたちだ」

「せっかくのチャンスなのに」

早紀子が言った。顔は怒っているのだが、声は悲しそうだった。

おれは早紀子に見とれた。

「なによ」

「おれたちはクズだぞ。なにひとつまともにできないからクズなんだ」

「本気でなにかやってみたことあるの？」

おれはうなずいた。

「なによ？　なにをしたことがあるのよ？」

「おまえと雄太と一緒に暮らそうと頑張ってる。初めて、本気になってやってる」

他人の口から出たら、こっ恥ずかしくてそいつをぶん殴ってやりたくなるような台詞だったが、おれは躊躇わずに口にした。酔っているせいだろう。

早紀子があんぐりと口をあけた。

「呆れてんじゃねえ」

「そんなんじゃないわよ」

「じゃあなんだ。感動でもしてんのか？」

早紀子が目を逸らした。なんだか気まずい空気が流れて、おれはベッドに身体を投げ出した。すぐに眠気が襲いかかってくる。

目を閉じると、おれはすぐに眠りに落ちた。

＊＊＊

アラーム音で目が覚めた。裕也との待ち合わせのために、あらかじめ、携帯のアラームをセットしておいたのだ。

頭ががんがん痛む。唸りながら身体を起こした。隣のベッドに札束が並んでいた。枕の上に座った早紀子が金を睨んでいる。雄太は寝たままだった。

「なにやってんだよ」

「ケンイチ、爆睡してるから、このお金持って逃げようと思ったの」

「おまえ――」

「本気で逃げるつもりだったのに、雄太を起こして泣かれたらって考えると身体が動かなくなったわ」

「おまえ――」

「それに、ケンイチ、寝言で何度もわたしの名前呼ぶの。なんの夢見てたのよ」

おれは答える代わりに頭を掻いた。夢を見ていた覚えはあるのだが、中身は覚えちゃいない。

「ずるいよ」

「意味がわかんねえよ」

「信じていいんだよね？」

早紀子が身体の向きを変えた。札束がいくつか、床に落ちた。

「なにを？」

「本当にわたしたちと暮らすんだよね？　わたし、もう、風俗で働かなくていいんだよね？　あいつらに捕まって酷い目に遭わされたりしないよね？」

「ああ、信じろ」

おれは胸を張った。

「どうしよう……」

早紀子がうつむいた。肩が震えている。泣いているみたいだった。

「どうした？　おれに惚れ直したか？」

「信じたいのに信じられない。どうしよう」

「おい――」

ドアがノックされた。

「ケンちゃん、そろそろ時間すけど」

浩次郎の声が響く。

「雄太を起こせ。浩次郎、あと五分待ってろ」

早紀子が雄太を起こし、おれは金をリュックに詰め直した。雄太は抱き上げようとする早紀子の手から逃れておれのそばにやって来た。

「雄太、そろそろ母ちゃんゆるしてやれよ」

「母ちゃん？」

雄太がおれを見上げた。

「ママだよ。早紀子はおまえのママだ」

「ママってなに？」

おれは床に膝をつき、雄太を抱きしめた。雄太はおれだ。昔のおれだ。だが、雄太には早紀子がいる。虎の目をした母親がいる。それに、おれもついている。雄太は絶対におれのようなクズにはならない。

「ママってのはな、この世でだれよりもおまえを愛してくれる人だ。いいな？」

おれは雄太の頭を軽く叩き、身体を起こした。リュックを背負う。

「さ、行くぞ」

早紀子が雄太と手を繋いだ。雄太は抗わなかった。ドアを開けると、浩次郎が待っている。

「あれ？　ケンちゃん、目が潤んでるけど？」

「寝起きだ」

おれは慌てて目をこすった。

「なんか酒臭いな……だいじょうぶっすか？」

「うるせえよ。行くぞ」

まだ頭は痛むが、脳味噌ははっきりしていた。エレベーターに乗り、ホテルを出る。

「歩きか？　タクシーか？」

「歩きだと二十分ぐらいすかね。どうします？」

「タクシーだな」

おれは言った。

「また待ち伏せされてるかもしれねえ。早めに行って、チェックしておこうぜ」

「裕也はそんなことしないっすよ」

「念のためだ」

浩次郎が流しのタクシーを停めた。五分もしないうちにオートレース場に着いた。

「浩次郎、ちょっと様子見てこい」

「おれが？」

「おまえが、だ」

おれが睨むと、浩次郎は肩をすくめてタクシーを降りた。

「運ちゃん、このままちょっと待っててくれ」

おれは運転手に五千円札を渡した。オートレース場は薄暗く、駐車場はさらに暗い。すぐに浩次郎が戻ってきた。左右の鼻の穴にティッシュを詰め込んでいる。

「異常なしっす。静かなもんすよ」

くぐもった声で言いながら、浩次郎は雄太に変な顔をして見せた。雄太が嬉しそうに笑った。

タクシーが走り去るのを待って、おれは浩次郎に訊いた。

「鼻血、止まらねえのか？」

「ホテルに戻った後、出たり止まったりの繰り返しなんすよね。なんだろ？」

「このごたごたが一段落したら病院行けよ」

「だって、おれ、保険ないっすよ」

「金があんだろ、金がよ」

「あ、そうか。でも、保険がないと馬鹿みたいに金かかるでしょ。鼻血ぐらいどうってことないからいいっすよ」

話しながら駐車場を一周した。確かに、怪しい気配はない。

「早紀子、雄太を連れてあそこで隠れてろ」

おれは駐車場からは死角になる暗がりを指差した。

「おれがいいって言うまで、絶対出てくるんじゃねえぞ。それから、これも持ってけ」

おれはリュックをおろした。中から裕也にくれてやる金を取り出して早紀子に預けた。

「わたしが持っていいの？」

「おれらになにかあったら、その金持って逃げろ。おれらのことは気にすんな」

「ちょっと、ケンちゃん――」

「おまえは黙ってろ」

おれは浩次郎の口を塞いだ。

「念のために言ってるだけだ。なにも起こらねえから、心配すんな」

早紀子はうなずき、雄太の手を引いて暗がりに身を潜めた。

「約束の時間まで、あとどれぐらいだ？」

「二十分ってとこっすかね」

「裕也、時間守らねえよな」

「あれはケンちゃん、守らないんじゃなくて、守れないんす。時間に間に合うように用意してるんすよ、裕也。なのに、もう出なきゃって時間になって、別のこと思い出してそっちに気を取られるんだよな。困った性格だよ」

浩次郎の鼻に詰められたティッシュは真っ赤になっていた。溢れた血がアスファルトに落ちている。

「ティッシュ、取り替えろ。すげえことになってんぞ」

おれは嫌な予感を振り払いながら乱暴な口調で言った。

「今回の鼻血、なかなかとまんねえなあ」

浩次郎は血まみれのティッシュを投げ捨て、新しいティッシュを鼻に詰めた。

「病院、行けよ、浩次郎」

「考えておきます」

「馬鹿野郎。行くって約束しろ」

おれは拳を振り上げた。浩次郎が身を屈める。

「わかった。わかりましたってば。病院、行きます。約束します」

「マジだぞ」

「マジっす」

浩次郎が笑った。詰めたばかりのティッシュがもう真っ赤に染まっていた。

＊　＊　＊

エンジン音に続いてヘッドライトが見えた。約束の時間を二十分過ぎている。裕也が乗ってきたのはプリウスのようだった。

浩次郎が手を振り、プリウスが鼻面をこっちに向けた。車に乗っているのは裕也だけのようだった。

プリウスが停まった。おれは目を細めた。裕也の顔がおかしい。あちこちが腫れ、唇の端から血が流れている。

「浩次郎、逃げるぞ」

おれが叫ぶのと同時にプリウスのドアが開いた。殺気を滲ませた男がふたり、転がり出てきた。見るからにチンピラ然としたやつらだ。

「逃げてんじゃねえぞ、こら」

「止まれ、クソが」

おれは立ち止まった。他にだれかがやって来る様子はない。チンピラがふたりなら、どうとでもなる。

「ケンちゃん？」

浩次郎も逃げるのをやめた。

「チンピラふたりだ、浩次郎」

「ケンちゃんならノー・プロブレムっすね」

浩次郎がおれの背後に回る。浩次郎は腕っ節はからっきしだが、いいアシストをしてくれる。

「なにくっちゃべってんだ、おめえら」

チンピラたちが舌なめずりしながら近づいてきた。ひとりは痩せて、ひとりは小太りだった。

「どっちが脇田だ？」

痩せた方が言った。おれは薄笑いを浮かべてやった。

「なに笑ってんだ、てめえ」

小太りが吠えるように言った。気が短いのは小太りだ。キャンキャン吠えるのが得意で、修羅場《しゅらば》になったら役に立たないタイプでもある。おれは痩せた方に狙いをつけた。

「脇田はおれだが、なんの用だ？」

「てめえに用事があるって人がいるんだよ」

「聞いてねえなあ」

「舐めるんじゃねってんだろう」

また小太りが吠えた。やかましく吠えるくせに、痩せた男の前に出ようとはしない。

「だれだよ、おれに用があるってやつは」

「ついてくりゃわかる」

痩せた男の口調は落ち着いている。やはり、最初に叩きのめすならこいつだ。おれはジーンズのポケットに手を突っ込み、ジッポを右手に握りこんだ。

「嫌だと言ったら？」

「腕ずくでも連れて行くさ」

「そいつはごめんだ」

痩せた男が足をとめた。おれのリーチがぎりぎり届かない距離を心得ている。舐めると痛い目に遭う――頭の奥で警報ベルが鳴り響いた。
「じゃあ、しょうがねえな」
痩せた男が右手を後ろに回した。次に右手が見えたときには特殊警棒を握ってい
た。
「おおっと。そんなもん使われたらやばいって。わかった、わかった。おとなしくつ
いていくから、勘弁してくれよ」
「なに今さら泣き入れてんだよ、てめえはよ」
小太りが嬉しそうに笑った。痩せた男の肩から力が抜けていく。
喧嘩に勝つには腕っ節だけじゃだめだ。芝居ぐらい、平気でやってみせる。
おれは左脚を大きく前に踏み出した。痩せた男の胸ぐらに腕を伸ばし、摑む。引き
寄せる。顔のど真ん中に額を叩きつけた。
手応えはあった。だが、痩せた男は胸ぐらを摑んだおれの腕に自分の腕を絡ませて
きた。振りほどこうとしても離れない。鼻血を撒き散らしながらおれに向かってく
る。
「んならっ」
おれは右のパンチを繰り出した。ジッポを握った拳だ。石よりも硬い。

だが、おれのパンチは空を切った。男が身を屈めたのだ。背中を悪寒が駆けのぼった。男の右腕がしなった。特殊警棒が視界に入った。反射的に飛び退《すさ》ろうとする身体を根性で押さえつける。

逃げちゃだめだ。

歯を食いしばりながら男に向かっていく。二の腕がおれの肩にぶつかった。逃げていたら警棒の餌食になっていた。

頭突きを立て続けにくらわす——一発、二発、三発。男はおれから離れようとしていた。距離を取らなければ警棒の威力を発揮できないのだ。

逃がすか。

男の鼻は潰れていた。顔は血で真っ赤だった。それでも怯まず、おれをなんとかしようとしている。やっとわかった。こいつはおれと同じタイプの人間なのだ。

男の左足を思いきり踏んづけた。男の顔が歪んだ。左右のフックを繰り出す。当たらなくてもいい。男に余裕を与えたくなかっただけだ。左のフックが男の腕に当たった。男がパンチを避けようと頭を下げた。足を踏まれているせいでバランスが崩れる。

それが狙いだった。

おれは男の腰に組みつき、そのまま押し倒した。体重はおれの方がある。男は堪えきれなかった。

男に馬乗りになったまま、左右の拳を顔に叩きつけた。あっという間に男の顔の形が変わっていく。ジッポを握った拳の威力は絶大だ。

視界の隅でなにかが動いた。反射的に両腕をあげて頭を守った。左の手首に衝撃が走った。痛みが駆け抜けていく。

小太りだった。男が落とした警棒を拾い上げておれに襲いかかってきたのだ。

小太りがまた警棒を振り上げた。逃げようとしたが男がおれの身体を摑んだ。意識は朦朧としているはずなのにその力は凄まじかった。

やられる——そう思った瞬間、浩次郎の声が響いた。

「ざけんな、てめえっ」

浩次郎が小太りにタックルをかました。ふたりそろってアスファルトの上に転がった。

助かったぜ、浩次郎。

おれは右の拳を男の顔に叩きつけた。容赦のない一撃だ。男の手から力が抜けた。

浩次郎の悲鳴が聞こえた。痛む左手をさすりながら立ち上がった。アスファルトの上で身体を丸めた浩次郎に、小太りが警棒を叩きつけている。

「こら、デブ」

おれの声に、小太りが凍りついた。ロボットみたいなぎくしゃくした動きで振り返る。

「おれのマブになにしてくれてんだ、こら」

小太りが逃げようとした。その足に浩次郎がしがみつく。おれはゆっくり小太りに近づいた。

「すんません、すんません。勘弁してください」

小太りはべそをかいている。

「勘弁できるかよ」

おれは小太りを殴った。力を抜いたパンチだったが、小太りはその一発で気絶した。

「だいじょうぶか、浩次郎？」

「たいしたことないっすよ」

浩次郎が起き上がった。鼻に詰めていたティッシュはどこかに消え、鼻血がどばどばと溢れている。とてもだいじょうぶそうには見えなかった。

「ケンちゃんが苦戦するなんて、びっくりしましたよ」

「だから、チンピラがたったふたりなのに、裕也がいいようにあしらわれたんだろう」

「あ、裕也は？」

浩次郎がプリウスに向かって駆け出した。鼻血の事は全然気にならないらしい。おれも浩次郎の後を追おうとして痛みに身体が硬直した。ちょっとした衝撃に、左手首が激しく痛む。ただの打撲じゃなさそうだった。

左手をさすりながら、早紀子たちが隠れている暗がりに顔を向けた。手を振ると早紀子たちが姿を現した。プリウスに顎をしゃくり、おれも移動した。あの男が気絶から覚めると面倒なことになる。早くここから立ち去りたかった。

「裕也、相当やられたなあ」

助手席に座った浩次郎が裕也の顔を覗きこんでいた。

「瘦せてる方の男、めっちゃ強くてさ。手も足も出なかったよ」

「なにがあった、裕也？」

おれは後部座席に乗り込んだ。相変わらず左手首が痛む。

「十時半ぐらいかな、この車ひとりで整備してたらやつらが来たんだよ。ケンちゃんの名前から昔の仲間辿《たど》って、おれのところに行き着いたみたいで。で、この車、脇田に流すつもりだろうっていきなり殴られて、ここに連れてくることになった。ごめん、ケンちゃん」

「あのふたりだけか？」

「おれんとこに来たのは……なにやったの、ケンちゃん？」

「知らねえ方がいいって言っただろう。これ以上まずいことになってもいいのか？」

裕也は首を振り、顔をしかめた。

早紀子と雄太が近くまで来た。

「乗れよ」おれは早紀子に言い、裕也に顔を向けた。「運転、だいじょうぶか？」

「悪い、浩次郎、替わって」

「ＯＫ」

ふたりが座席を替えている間に、おれは早紀子からリュックを受け取った。相変わらず、浩次郎の鼻血が止まらない。

「おまえも派手に出血してんなあ。そんなにやられたのか？」

「これ、殴られたからじゃねえんだよ。最近、よく出るんだ」

「溜まりすぎだろ、それ」

「おい、裕也」

おれは用意しておいた三百万を裕也に渡した。

「済まなかったな。こんなことになる予定じゃなかったんだ」

「おれはいいけど、みんなだいじょうぶ？　ケンちゃんも顔色悪いし、浩次郎は鼻血だばだばだし……あ、はじめまして」

裕也は早紀子と雄太に頭を下げた。相変わらず軽いやつだ。だからこそ、浩次郎と馬が合うのだろう。

「どこで降ろしたらいい？」

「この顔だから、家まで送ってもらえると助かるんだけど」

「いいだろう。浩次郎、車を出せよ」

「あいあい」

プリウスが動き出した。浩次郎の鼻血は止まる様子がない。おれはなにも見なかったことにして窓の外に顔を向けた。早紀子がおれの手を握ってきた。早紀子は鼻血が流れ出る浩次郎の横顔をじっと見つめていた。

＊　＊　＊

裕也はまだ喋り足りなそうだったが、住んでいるというマンションの前で降ろした。またどんなやつらが裕也のところにやって来るかわからない。ほとぼりが冷めるまで姿を隠せと忠告しておれたちは船橋を後にした。

「どこに向かいます？　ホームタウンに帰りますか？」

浩次郎が言った。鼻血は止まったようだった。

「馬鹿。身元は割れてんだぞ。地元に戻った瞬間、拉致《らち》られてボコられて金取られておしまいだ。下手したら海に沈められる」

「海外に逃げる？」

早紀子が言った。おれと浩次郎は同時に首を振った。

「パスポートがねえ」

「英語喋れないし」

早紀子は溜息をついた。心底呆れたらしい。

「じゃあ、どこに逃げるの？」

「とりあえず、高速に乗れや、浩次郎」

「了解」

「待って。高速に乗る前にコンビニに寄って。氷を買うから」

「氷？」

「ケンイチはさっきから左手さすって顔しかめてるし、コージローは鼻血が出るし、氷で怪我したところや頭の後ろ冷やした方がいいと思う」

「早紀子」

「なに？」

「おまえ、頭いいな」

「馬鹿じゃないの」

早紀子の唇が尖った。その横顔も可愛かった。

「浩次郎、コンビニだ」

確かに、おれの手首は酷いことになっていた。警棒で殴られたあたりが腫れてぶよぶよのゴムみたいになっている。

「湿布《しっぷ》があればいいな」

「だったら、ドラッグストアにも寄って。いつトイレに行けるかわからないし、雄太のために簡易トイレも買っておきたいわ」

「金はあるんだ。なんでも好きなものを買え」

急に車が蛇行した。おれはバランスを失い、サイドウィンドウに頭をぶつけた。

ている。

「なにやってんだ、てめえ――」

怒りに怒鳴り、運転席を睨みつけて凍りついた。浩次郎がステアリングに突っ伏し
「浩次郎！」

おれはステアリングを握った。幸い、足がアクセルペダルから外れたらしく、プリウスの速度が落ちていく。

「浩次郎、どうした？　おい」

浩次郎を揺さぶったが反応はない。脚を伸ばしてブレーキペダルを踏み、苦労しながら車を路肩に寄せた。

「冗談よせって、浩次郎。起きろ」

浩次郎の上半身が崩れ落ちた。おれは車を停め、ギアをパーキングに入れた。

「浩次郎」

これまで経験したことのない感情が喉元まで迫《せ》りあがってくる。それが恐怖だということにおれはやっと気づいた。

「浩次郎、おい。なにやってんだ」

浩次郎は息をしていなかった。

「浩次郎。てめえ、舐めんじゃねえぞ」

これでもかというぐらい浩次郎の身体を揺さぶった。だが、なにも起こらなかった。

雄太が泣き出した。

「やかましい」

怒鳴りつけても泣きやまない。だれよりも敏感なその心で、浩次郎の魂が去っていったことを感じたのか。早紀子が雄太を抱きしめた。その顔は蒼白だった。

「やめろ」おれは言った。「そんな目で浩次郎を見るな」

「ケンイチ――」

「口も開くな」

おれは両手で浩次郎の顔を支えた。人形に触っているみたいな感触が掌にあった。浩次郎の肌には生気がなく、少しずつ冷えていっている。左右の鼻の穴から粘っこい血が流れてきた。

「浩次郎！」

胸の奥でなにかが弾けた。制御できない感情が身体の穴という穴から外に流れ出す。おれは浩次郎を抱きしめながら泣いた。雄太のように泣いた。

おれが殺したのだ。酔って投げつけたビールジョッキ。あれ以来、浩次郎は鼻血を出し続け、何度も気絶した。やばいということはわかっていた。わかっていながらなにもしなかった。

金がないなんてのは言い訳だ。責任を取りたくなかっただけだ。たったひとりの身内のようなものなのに、おれは浩次郎を見殺しにした。いや、おれが浩次郎を殺したのだ。

「浩次郎――」

言いたいことは山ほどあった。謝らなければならなかった。だが、脳味噌がぐつぐつ煮立っていて思いが言葉にならない。口に出かかった言葉も涙が押し流してしまう。

「浩次郎――」

壊れたレコードのように、おれは浩次郎の名を呼び続けた。泣いても泣いても、悲しみが癒《い》えることはなかった。

「ケンイチ――」

早紀子が後部座席から身を乗り出してきておれの頬に触れた。

「そんなに泣いたら、コージローが天国に行けなくなっちゃうよ」

母親のような優しい響きの声に涙が止まった。だが、荒れ狂う感情が収まったわけじゃない、おれは瞬きを繰り返しながら早紀子を見た。

「おまえは泣かなかったのかよ。旦那も親も、みんな津波に飲まれて死んじまったんだろう？」

「泣かなかった。泣けなかった。遺体は見つからないし、わたしには雄太がいたから。雄太と生きていかなきゃならなかったから」

魔法にかけられたみたいだった。涙だけじゃなく、胸が張り裂けそうな悲しみがしずまっていく。消えたわけじゃない。悲しみが胸を締めつける。ただ、荒れ狂わなくなったのだ。

そうだ。浩次郎を失ったが、おれには早紀子がいる。雄太がいる。

おれがこいつらを養うと誓ったのだ。

「早紀子」

「なに？」

「おれの女はすげえ女だな」

おれは早紀子にキスをした。

18

助手席に移した浩次郎は眠っているみたいだった。鼻血で汚れていた顔は早紀子が綺麗に拭いてくれた。

おれの左手首には湿布が貼られ、その上からビニール袋に入れた氷を押しつけて包帯で縛りつけてあった。動かせば痛む。だが、オートマの車は片腕一本で操れるから支障はなかった。

「どこに向かってるの？」

後ろから声がした。早紀子は十分置きに同じことを訊いてくる。おれはだんまりを決め込んだままステアリングを操った。

知り合いという知り合いの顔が頭の中に浮かんでは消えていく。助けの手をさしのべてくれそうなやつはひとりもいなかった。もしいたとしても、裕也にまで手が回っていたのだ。そいつのところにもヤクザどもの目が光っていると考えた方がいいだろう。裕也とはもう何年も連絡を取っていなかったのだ。

金はあるのにどこにも行くあてがない。いっそ、このまま車で日本一周としゃれこもうか。

「コージローだってこのままにしておけないわよ。どこかに埋めてあげなきゃ」

「わかってる」

唸るように言って、車線を乱暴に変えた。プリウスは首都高を都心に向かって走っていた。午前三時半。交通量は少ない。

おれは助手席の浩次郎に視線を走らせた。浩次郎の頰は土気色だ。車のエアコンをがんがんに利かせたところでいずれ腐りはじめるだろう。早紀子の言うとおり、どこかに埋めてやらねばならない。山の中に埋めるか、それとも海に流してやるか——海。ある考えが頭に浮かんだ。

「早紀子、おまえの地元に行くぞ」

おれは言った。

「なんで？」

「浩次郎はおれの兄弟も同然だ。家族だったんだ。おまえと雄太もおれの家族になる。だから、おまえの家族が眠る海に浩次郎も連れて行ってやる」

「冗談やめてよ。あんなところに行っても、なにもないのよ」

「決めた。行く」

「わたしは行きたくない。ケンイチにはわからないだろうけど、あそこには二度と戻りたくないの」

「頼む。浩次郎のためだ」

おれはルームミラーの中の早紀子に頭を下げた。こんなふうに人にものを頼んだのはいつ以来だろう。

早紀子が口を閉じた。頬を膨らませて横を向く。それは了解のサインだと自分に言い聞かせて、おれは宮城県までのルートを頭に浮かべた。東京の道路事情に詳しいわけじゃないが、東北道に乗らなければならないということぐらいはわかる。首都高から東北道に乗るには、確か、川口《かわぐち》まで向かえばいいはずだ。

寝ていた雄太がむずかりはじめた。早紀子がなだめても効き目がない。

「少し静かにしてろ、雄太」

おれは低い声で言った。雄太が黙り、早紀子が溜息を漏らした。

「どうしたらわたしの言うことを聞くようになるかな」

「母親らしくしてればいい。そうすりゃ、自然といい関係になるんじゃねえのか。雄太に必要なのは時間だ。それだけだ」

「ケンイチって、時々はっとするぐらいまともなこと言うよね」

「時々じゃねえ、いつもだ」

ルームミラーの中の早紀子が笑った。それだけでおれの気持ちも軽くなる。早紀子が雄太の頭を撫でた。雄太はシートの上で身体を丸めている。

早紀子が歌った。透き通った声が耳に流れてくる。

目に涙が滲んだ。痛む左腕を伸ばし、浩次郎の右手を握った。浩次郎にも早紀子の子守歌は届いているだろうか。

届いているはずだ。

おれは走行車線にプリウスを戻し、スピードを落とした。急ぐ必要はない。浩次郎との最後の時をゆっくり味わうべきだ。

携帯が鳴った。携帯はおれのジーンズのポケットに入っている。

「早紀子、すまん。携帯を取ってくれ」

早紀子の手が伸びてきてポケットを探った。携帯を引っ張り出し、おれに突き出す。

「電話、だれからだ？」

「非通知になってる」

「通話ボタン押して、携帯、おれの耳に当ててくれ」

「うん」

携帯が耳に当てられると聞き覚えのある声がした。

「脇田君？　脇田健一――」

「だれだ？」

「稲葉ですよ。お忘れですか？」

「今さらなんの用だ？」

「忠告してあげようかなと思いまして。自分がどんな状況にあるか、ご存じですよね」

「どんな状況だってんだ」

含み笑いが聞こえた。

「あの事件ね、いろんなところが噛んでるんですよ。そうじゃなきゃ、五億もの大金、あんな簡単に盗めるわけがない」

稲葉はおれの反応を確かめるように言葉を切った。おれは無言でいた。

「そのいろんなところが、脇田君、みんな君を捜している。見つかるのは時間の問題ですよ。もう、プリウスのナンバーも割れている」

痩せた男と小太り、それに裕也の顔が脳裏に浮かんだ。あいつらの中のだれかの口からナンバーが漏れたのだ。

「警察でもあるまいし、ナンバーがわかったぐらいでおれを見つけられるかよ」

「いろいろなところが、と言ったでしょう。簡単じゃなくても、必ず見つけ出しますよ」

「で、あんたの狙いは？」

「甘利早紀子の借金。返してもらいたいんですよ」

稲葉はまた含み笑いを漏らした。

「寝惚《ねぼ》けてんのかよ？」

「いえいえ。わたしの頭の中は五月《さつき》晴《ば》れのようにすっきり晴れ渡っています」

おれは口を閉じた。稲葉みたいな男は苦手だ。

「脇田君は金を持っている。その出所なんてわたしの知ったことじゃない。甘利早紀子の借金を返してもらえれば、それでいいんです」

「あのさあ、稲葉さん」

「はい」

「あんたがおれを極道どもに売ったんだろう？」

「それは違います」

稲葉の馬鹿丁寧な口調が変わることはなかった。

「最初に回状が来たんですよ。これこれこういう風体の男を見かけたり、連絡があったりしたらすぐに知らせろとね。わたしら、そういうことには逆らえないんでね」

「逆らえねえってんなら、おれから金を搾り取ろうってのもまずいんじゃねえの？」

「もうみんな、脇田君のことを知ってますから。だれも居場所を摑んでないときに金だけ回収して口をつぐんでいるのはまずい。でも、今はそうじゃない。わかりますか」

わかったような気もするしわからないような気もした。はっきりしているのはひとつ。稲葉はクズだ。あるいは、足の爪先から頭のてっぺんまで金の世界にどっぷりつかった本物の金貸しだ。

どっちにしろ、これ以上関わり合いにはなりたくない。

「寝言にしか聞こえねえな、やっぱ」

おれは早紀子に電話を切って電源を落とすよう言った。

「下道使っておまえの故郷まで行くとしたら、どれぐらいかかるかな？」

「下道？　使ったことないからわかんないよ。丸一日以上かかるんじゃない。高速、降りるの？」

「わからん」

おれは首を振った。稲葉が言っていたように、ヤクザたちはどんなことをしてでもおれを見つけようとするだろう。人を大量に動員して。それとも、警官を買収してNシステムの情報を入手するか。どっちにしろ、ほぼ一本道に近い高速を走り続けていれば、だれかの目に止まる可能性は高い。

ルームミラーに視線を走らせる。早紀子がまた小さな声で子守歌を雄太に聴かせていた。

手を伸ばせば届くところにおれの家族がいる。すぐ横には逝《い》ってしまった兄弟がいる。

浩次郎を海に流し、早紀子たちと一緒に暮らす。そのためには、ヤクザなんかに惑わされている場合じゃない。

腹を決めた。とりあえず首都圏から脱出するのが先決だ。飛ばしすぎないように気をつけながらプリウスを走らせ、東北道に入った。佐野《さの》サービスエリアにプリウスを停めて、辺りに視線を走らせた。

「トイレに行ってきてもいい？」

早紀子が言った。おれはうなずき、ポケットからくしゃくしゃになった万札を取り出した。

「なにか、食べるものと飲むものを買ってこい。長丁場になるかもしれねえから、多めにな」

早紀子はうなずきもせず、雄太の手を引いてプリウスから離れていった。おれもリュックから百万の束をひとつ抜いてプリウスを降りた。リュックを背負い、駐車場の間を縫うように歩く。目当ての車はすぐに見つかった。型落ちのヴォクシー。紺色のとちぎナンバーだ。運転席で、冴えない顔つきの中年おやじがお握りを食べていた。おれは運転席の窓を指先で叩いた。おやじがおそるおそる窓を開けた。おやじの汗の臭いが漂ってくる。おやじが着ているのは色褪せた作業服で、全身から貧乏くさいオーラを放っている。

「なにか？」

「おとうさん、ちょっと頼みたいことがあるんだけどさ」

「わ、わたしなにかしましたか？　ぶつけちゃったとか？」

「そうじゃなくて」おれは笑ってみせた。「美味しい話だよ」

「はい？」

「これでこの車売ってくんないかな？」

おれは札束をおやじの目の前で振った。紺のヴォクシーは車屋で粘りに粘っても下取り価格が五十万を超えるとは思えない。百万なら御《おん》の字のはずだ。案の定、おやじの目は札束に釘付けになった。

「今、ここで？　あの、しかし、そうしたらわたし、ここからどうやって――」

「あそこにプリウス見えるだろう？」おれは歩いてきた方角を指差した。「この百万にあのプリウスをつける。どうだ？」

「ど、どうって。書類とか、あれは――」

「そんなの自分でなんとかしてよ。そのためのこの金じゃん」

おやじの目が忙《せわ》しなく動いた。

「急いで決めてくんない？　こっちは急いでるんだ。だめなら他の人に当たるから」

「ひとつだけ聞かせてください。どうして、サービスエリアなんかで車を交換したいんですか？」

「知りたい？」

おやじがうなずいた。

「これには口止め料も含まれてるんだ。おれの言ってること、わかるよね？」

「いくらあるんですか？」

「百万きっかり」

おやじが生唾を飲みこむ音がはっきり聞こえた。

「あのプリウスを運転して、なにかまずいことはないですか？　たとえば、警察に捕まるとか」

「ないよ。安心しな」

おれは言った。赤の他人に嘘をついたところで胸が痛むこともない。

「どうする、おとうさん？」

「あの――」

おやじはなにかを言いかけて、生唾を飲みこんだ。

「なんだよ？」

「百五十万になりませんか？」

おれは笑った。楽しいおやじだ。腕を伸ばし、おやじの肩を摑んだ。

「いいぜ。取り引き成立だ。プリウスの横に車を停め直してくれる？」

おやじがうなずいた。おれはヴォクシーから離れ、プリウスのところへ戻った。プリウスの周辺の駐車スペースは空いている。ヴォクシーがやってきてプリウスの右隣に停まろうとした。おれはそれを制して左に停まらせた。早紀子たちはまだ買い物の最中らしい。

おやじが降りてきた。おれは札束を適当に半分にした。

「まず、前金」

「はい？」

「安心しろよ。すぐに残りも渡すから。ただ、荷物を見て尻込みされても困るからさ」

おれは金をおやじに渡した。おやじは金を作業服のポケットに押し込んだ。

「受け取ったね、金。あとでいらねえって言ってもおれは知らないからな」

おれは助手席のドアを開けた。シートベルトで座席に固定された浩次郎の首が揺れている。

「ひ――」

おやじが情けない声をあげた。おれは唇に人差し指を当てた。

「事件とかそういうんじゃねえんだ。病死。おれの弟分なんだけど、身よりもいねえ。だから、おれが故郷までつれてって埋葬してやろうと思ってる」

「そんな、このプリウス乗ってたら面倒くさいことになるんじゃないですか？」

「バカだなあ。高速とっとと降りて、このプリウス、ちゃっちゃと売ればいいんだよ。それぐらいの知恵まわるんだろう、おとうさん？」

おやじは浩次郎を凝視したまま動かなかった。

「プリウス、状態いいし、足もと見られたとしても、七、八十万にはなんだろう。おれがくれてやる百五十万と合わせて二百万ちょっと。おとうさんの人生も変わるってもんじゃないの？」

おやじの顎が痙攣した。多分、うなずいたんだと思う。

「わかったら、こいつ、移すの手伝って」

「ほんとに病死ですか？」

「顔、見てみなよ。綺麗なもんだろう」

鼻血まみれだった浩次郎の顔は、早紀子が丁寧に拭いてくれた。

「先に金ください」

おやじが今にも泣き出しそうな声で言った。おれが本当のことを言っていようが嘘つきだろうが知ったことかと腹をくったのだ。

「あいよ」

おれは札束の残りをおやじに渡した。

「最後の五十万は車の中身もすっかり移し終えたあとで。いいだろう？」

ヴォクシーの荷室を掃除していると、早紀子たちが戻ってきた。

「だれ、この人？」

「親切なおとうさんだよ。な？」

「は、はい」

「車交換したから、必要なもの、こっちへ移せ」

早紀子に告げ、おれは辺りを見渡した。こちらへ近づいてくる車も人影もない。

「じゃあ、おとうさん、これ移しちゃおうか」

浩次郎のシートベルトを外して、おれはおやじに微笑みかけた。

「大切な弟分なんだから、手滑らせたりしたら、ただじゃおかねえよ」

「わ、わかってます」

おやじはきつく目を閉じ、しばらくしてから目を開けた。

「じゃ、やりましょう」

おやじの手を借りて、浩次郎をヴォクシーの荷室へ移した。浩次郎の身体はすっかり冷えていた。

19

「こんなことして意味があるの？」

岩舟《いわふね》ジャンクションを過ぎたところで早紀子が口を開いた。雄太はチュッパチャプスを舐めている。

「こんなこと？」

「お金に物言わせて車取り替えたって、さっきの人がだれかに捕まったら、わたしたちがこの車に乗って逃げてることもわかっちゃうでしょ」

「時間稼ぎにはなる」

「稼ぐってどれぐらい？　一日？　それとも数時間？　たったそれだけのためにいくら使ったの？」

早紀子がおれの方に身を乗り出してくる。ルームミラーに映る雄太が早紀子の剣幕に驚いてチュッパチャプスを舐めるのをやめていた。

「うるせえなあ」

「なにかするなら、わたしにも相談して」

やかましいと言おうとして、早紀子の言葉がおれの胸を貫いた。

「それが家族でしょ？」

「本気で言ってんのか？」

自分の声がかすかに震えているのがわかった。おれは拳で自分の太股を殴った。

「本気って？」

「今、家族って言っただろう。本気か？」

「ケンイチがそう言ったんじゃない」

「おれのことはどうでもいいんだ。おまえがどう考えてるのか知りてえんだよ」

早紀子は座り直した。

「借金取りやヤクザに追われてるし、コージローは死んじゃったし、わたし一文無しだし。ケンイチに頼るしかない」

「それは家族とは違うだろう」

「頼るんだよ。全部ケンイチに任せるの。他人にはそんなことできないよ」

おれは黙っていた。なにを言えばいいのかわからない。なんとなくごまかされているような気もする。ただ、早紀子が発した家族という言葉が耳の奥で何度も響いていた。

浩次郎と出会ってからこの方、おれたちはいつも一緒にいた。ふたりで野宿して、ふたりで万引きして、ふたりでカツアゲして、いっぱしのワルになって、ヤクザどもから小遣い稼ぎの仕事をまわしてもらえるようになった。稼いだ金でおんぼろのアパートを借りて、カップ麺を啜った。部屋の保証人には顔見知りの大人を脅してすかしてなだめてなってもらった。

あの頃は、そんなことこれっぽっちも思ったことはなかったが、おれと浩次郎は家族だった。母親に見捨てられた者同士、ひっちゃきになって家族ごっこをしていたのだ。それがわかったのはムショから出てきた時だ。ムショにいる間、胸の奥に恐ろしく深く暗い穴ができていて、気を抜くとその穴にすべてを吸い込まれてしまいそうだった。だが、娑婆に出て浩次郎に再会すると、その穴は消えた。

きっと、その穴はいつもおれの胸に開いている。ただ、浩次郎といればその存在を忘れていられたのだ。

浩次郎が死んだとき、またその穴が現れるだろうとおれは腹をくくった。だが、穴は消えたままだった。

早紀子がいたからだ。雄太がいたからだ。

本当のところはどうか、わからない。だが、おれはそう信じている。おふくろがおれの胸の奥に開けた穴を、おれが見つけた家族が埋めてくれるのだ。

「今すぐ心の底からケンイチを家族と思えって言われても無理だよ」早紀子が言葉を続けていた。「知り合って間もないし、何度も殴られたし犯されたし」

犯されたという言葉を、早紀子は囁くように言った。雄太のことを心配しているのだ。

「もうしねえ」

おれも小声で答えた。

「だけど、努力する。ケンイチが最後までわたしたちを守ってくれるなら、わたしと雄太はケンイチの家族になる」

泣いてしまいそうだった。泣く代わりに、自分の太股を殴り続けた。

ざまあみろ、おふくろ。おれは家族を手に入れるんだぞ。てめえには一生縁のなかったものをおれは自分で見つけたんだ。これから作り上げるんだ。

甘い匂いがした。いつのまにか、目の前に唾液でてかったチュッパチャプスがあった。雄太が運転席の背もたれにしがみついて、精一杯チュッパチャプスを持った手を伸ばしている。

「あげる」

雄太が言った。

「サンキュー」

おれはチュッパチャプスを頬張った。味がしない。味だけじゃない。殴り続けていた腿の感覚も消えていた。味はしなくても、チュッパチャプスはおれがこれまで口にしたものの中でなによりも旨《うま》かった。

＊　＊　＊

宇都宮《うつのみや》インターで日光道《にっこう》に乗り換えた。一気に東北まで行く必要はない。家族の絆を深めるために、観光旅行としゃれ込もうと決めたのだ。金はまだ腐るほどある。

平日の日光はすいていた。いろは坂をゆっくり流し、華厳《けごん》の滝を見て、近くの駐車場で猿に出くわした。雄太は猿に怯え、猿は雄太を威嚇する。

「舐めんじゃねえぞ、こら」

いかつい声で近づくと、猿は逃げていった。雄太が尊敬の眼差しでおれを見上げる。おれは雄太を抱き上げ、耳元で囁いた。

「ママはもっと強いんだぞ」

「ほんと？」

「猿なんて、小便ちびって逃げ出すんだ」

雄太は笑い、早紀子を見た。

「ママ、パパより小さいよ。猿、ほんとに逃げるかなあ？」

「今、なんてった？」

「ママは小さいって」

「そうじゃなくて、おれのこと、なんて言った？」

「パパ」

おれは雄太に頬ずりした。雄太は髭《ひげ》が痛いと顔をしかめた。そういえば、もう何日も髭を剃っていない。

「今日はこの辺りの温泉に泊まろう」

おれは言った。

「雄太、温泉って知ってるか？」

雄太が首を振った。

「すっげえ楽しいところだぞ。楽しくって、心臓がばくばくするんだ」

雄太に話しかけながら、おれははじめて温泉に泊まりに行った時のことを思い出していた。

あれは十六の時だったろうか。おれと浩次郎はあるゲーセンの用心棒みたいな仕事にありついた。店に出入りする客から金をカツアゲしようとするワルどもをぶちのめす仕事だ。

人をぶちのめして金がもらえるのが楽しくて、おれは仕事にいそしんだ。そんなおれをゲーセンの店主も可愛がってくれた。あるとき、店主が嬉しそうにおれと浩次郎を手招きした。競馬で万馬券を取ったのだという。

みんなで温泉に行こうか——店主は言った。慰安旅行だ。

おれも浩次郎も温泉はもとより、旅行に行ったこともなかった。親は連れて行ってくれなかったし、修学旅行に行く年頃には学校にも行かなくなっていたからだ。

伊豆《いず》の温泉に行った。おれと浩次郎は舞い上がっていた。だだっ広い和室の部屋には木の匂いがしみついていて、窓を開ければその先には森が広がり山が連なっていた。のりがきいた浴衣は袖を通すと心地よく、温泉はだだっ広くて湯船がいくつもあった。食事は馬鹿みたいに旨かった。

「わたしたちはいいけど」

早紀子の声におれは我に返った。

「けど、なんだよ？」

「コージローが可哀想じゃない？」

浩次郎はヴォクシーの荷室に横たわって、薄汚れたブルーシートをかけられていた。最初からヴォクシーの荷室に積んであったものだ。途中、コンビニで大量の氷を買い込み、浩次郎の周りに敷き詰めてある。

「一日ぐらい、待ってくれるさ」

おれは言った。そうだろう、浩次郎。おれだけ幸せになったからって、おまえ、嫉妬したりしねえだろう？　おれを祝福してくれるだろう？

「おしっこ」

雄太が言った。

「そうか。じゃ、ママとトイレに行ってこい」

おれは雄太を地面におろし、背中を押した。雄太は早紀子のところへ駆けていった。

手を繋ぎながらトイレに向かうふたりの背中を見つめながら、おれははじめての温泉旅行の続きを思い出していた。

旨い飯と酒に酔った上、温泉につかったおれは前後不覚になって眠りに落ちた。だれかが覆い被さってくる気配に目覚めたが、頭が割れるように痛み、胃が気持ち悪くて死にそうだった。

死にかけた魚みたいに身体をよじったりしてみたが、のしかかってくる重さは消えなかった。頭の痛みをこらえて目を開けると、店主がおれの乳首を舐めていた。

頭痛も胃のむかつきも消えた。

なにしてんだよ？ 店主を突き飛ばして立ち上がった。薄暗い中でも、店主の目が血走っているのがわかった。

健一君、お金あげるからさ、いいだろう、ね？

店主が言った。その瞬間、おふくろとやっているところをおれに見せようとした変態の顔が脳裏に浮かんだ。

気がついたら、店主は血まみれになっておれの足もとに倒れていた。浩次郎が止めてくれなかったら殺していたかもしれない。

おれは浩次郎と一緒に温泉旅館から逃げ出した。浩次郎が店主の車を運転した。無免許だったが、あの頃から浩次郎は運転が上手かった。

地元に戻り、車を売り払った。慰謝料だ。

時々、店の近くで店主とばったり出くわすことがあったが、店主はなにごともなかったかのような顔をした。

おれはおれで、店主を殺してしまうかもしれないのが怖くて、すぐに店主に背を向けた。

おれたちにとって人生ってのはいつもそんなものだった。

＊＊＊

宿はすぐに取れた。キャッシュで前金を払うと、だだっ広い部屋に案内された。雄太がミニカーを取り出して遊びはじめた。サービスエリアで買った菓子についてきたおまけだ。おれと早紀子は座椅子に腰掛けた。

手首をさすってみた。処置がよかったせいか、痛みと腫れが引いていた。

「一万円ちょうだい」

早紀子が言った。おれは札を出した。早紀子はポケットティッシュでその札を丁寧にくるんだ。

「なにすんだよ、それ」

「仲居さんに渡す心付け。常識でしょう」

知らなかった。それが顔に出たのか、早紀子が苦笑した。

「ケンイチってなにも知らないのね」

「まっとうな人生送ってねえからな」

「失礼します――」

中年女の声がして、襖《ふすま》が開いた。仲居が部屋に入ってくる。

「まあ、可愛い坊やだこと。いいですね、家族で温泉なんて」

「どうも」

おれは曖昧に笑った。こういうとき、なにをどうすればいいのかまったくわからない。

「一泊だけですけど、よろしくお願いします」

早紀子がティッシュでくるんだ金を仲居に渡した。

「わざわざありがとうございます」

仲居が微笑み、お茶を淹《い》れながら、大浴場や非常口の場所を説明してくれた。

「お手数ですが、宿帳にご記名ください」

テーブルに置かれた宿帳を見ながらおれは途方に暮れた。宿帳？　そんなもの、聞くのも見るのも初めてだ。

「はい」

早紀子がにこやかに言い、開いた宿帳をおれの前に置いた。

「書いて」

宿帳には名前が並んでいた。みんな、この宿に泊まった連中なんだろう。

「おれの名前だけでいいの？」

「お一人様の名前だけ書くお客様もいらっしゃれば、ご家族全員のお名前を書くお客様もいらっしゃいます」

仲居が言った。おれは早紀子を見た。早紀子がうなずいた。おれは腹を決めた。

脇田健一
　早紀子
　　雄太

下手くそな字で一気に書き殴った。早紀子はなにも言わなかった。住所は東京都新宿区とだけ書いた。

「ありがとうございます」

仲居が宿帳を閉じて胸に抱いた。

「お食事は何時がよろしいでしょうか？」

「七時に」

おれは言った。今の時刻は午後五時をまわったところだった。風呂につかってなんだかんだしているうちに二時間ぐらいは経つだろう。

「かしこまりました。それではごゆっくり」

仲居が出て行くと、おれは溜めていた息を吐き出した。柄にもなく緊張していたのだ。

「ケンイチ、あんまり温泉とか来たことないんだ」

「おまえは慣れてるみたいだな」

「死んだ旦那が温泉好きで、よく連れてってもらったから」

「ああ、そうか……」

おれは煙草をくわえ、ジッポで火をつけた。日光で高揚した気分が、宿帳と早紀子の旦那のせいでしぼんだ風船みたいになっていた。

「雄太とお風呂入ってくるね」

早紀子は腰を上げた。浴衣とタオル、洗面用具が入ったポーチを手にとって雄太に声をかける。

「雄太、お風呂に行こう」

「ぼく、パパといる」

雄太は顔も上げなかった。

「雄太、ママの言うことを聞け」

おれは言った。自分で思っているよりもずっと不機嫌な声が出た。雄太がミニカーで遊ぶのをやめた。今にも泣き出しそうな目でおれを見る。

「ママと風呂に入ってくるんだ。ちゃんと言うことが聞けたら、おれが——パパが後で遊んでやる」

「ほんと？」

「ほんとだ。早く行ってこい」

「うん」

おれと雄太のやりとりを、早紀子が複雑な目つきで眺めていた。

「ケンイチも大浴場まで一緒に行く？」

早紀子の言葉に、おれは首を振った。

「おれはカラスの行水《ぎょうずい》なんだ。さきに行ってろよ」

早紀子たちが部屋を出て行くと、おれは煙草をもみ消した。

早紀子の旦那ってのはどんなやつだったんだろう。みっともないと思いながら、考えるのをやめることができない。

部屋に鍵をかけてひとりで大浴場に向かった。あれだけ楽しみにしていたのに、広い浴槽も風情のある露天風呂もなにひとつ心に響かなかった。とっとと風呂からあがり、浴衣に着替えて駐車場に向かった。途中、自販機で缶ビールを買った。辺りに人がいないことを確かめて荷室のドアを開け、ブルーシートをめくった。時間が経つごとに、浩次郎は死体らしくなっていく。

「飲むか?」

おれは缶ビールのプルトップを開け、浩次郎の唇に数滴垂らしてやった。周りに敷き詰めた氷がだいぶ溶けている。明日、朝一《あさいち》で取り替えてやった方がいいだろう。

「なんで死んだんだよ」

浩次郎の顔を見つめながらおれは呟いた。早紀子が鼻に詰めたティッシュがどす黒い液体を吸い込んで変色していた。

「おれのせいだな。おれのせいだよな」

ビールジョッキを投げつけたりしなければ。すぐに病院に行かせていれば。浩次郎はまだおれの隣で笑っていたはずだ。だが、おれは酔っぱらって力任せにビールジョッキを投げつけた。病院に行かせたくてもおれたちには金がなかった。今なら腐るほど金があるが、全部後の祭りだ。おれたちの人生はいつもそうなのだ。

「おれに家族ができるぞ、浩次郎。女房と息子だ。そんなもん、一生縁がないと思ってた。おまえもそうだろう？」

また浩次郎の唇にビールを垂らしてやった。おれは飲まない。おれには家族ができたのだ。おれは夫だ。父親だ。妻を、子供を守らなきゃならない。酔ってべろんべろんになったら、おれはなにもできなくなる。

「だけどよお、浩次郎。おまえがいねえと寂しいよ。寂しくてたまんねえよ」

浩次郎の頰に触れた。氷のように冷たかった。

「ゆるしてくれるか？　ゆるしてくれるよな？　頼むからゆるすって言ってくれよ、浩次郎」

浩次郎はなにも言わない。おれは浩次郎の額に自分の額を押し当てた。

涙が出てきた。

「すまねえ。すまねえ。すまねえ」

浩次郎の顔はおれの涙でびしょ濡れになっていた。

＊　＊　＊

電子音が鳴っていた。浩次郎の身体から着信音が響いてくる。おれは浩次郎のジーンズの尻ポケットからスマホを引っ張り出した。

拓郎からの電話だった。

「あの、拓郎ですけど」

「なんの用だ？」

「あれ？　これ、浩次郎さんのスマホですよね？」

「おれが出ちゃ悪いのか？」

「そ、そんなことないっす。ちょっとびっくりしただけで」

「用がねえなら切るぞ」

「あ、待って。ケンちゃん、車、いつ戻してくれます？」

「だれがケンちゃんだ、こら」

おれは反射的に拳を握っていた。他の犬が目に入ったら牙を剝かずにいられない野良犬みたいなもんだ。

「すんません。でも、車、早く戻してもらわないと、親父がうるさくて」

「二、三日で返す」

「ほんとですか？」

「てめえ、おれを嘘つき呼ばわりしてんのか？」

あの軽が拓郎のもとに戻ることはないだろう。おれ自身も地元に帰るつもりはない。

「健一さん、頼みますよ。女、まだ見つからないんですか？」

「おまえの知ったことか」

「今、どこにいるんすか？　それだけでも教えてくださいよ」

拓郎はしつこかった。おれの頭にますます血がのぼる。

「日光だよ。なんか文句あんのか？」

「日光？　なんでそんなとこに――」

おれは電話を切った。またすぐに拓郎から電話がかかってくる。おれはスマホの電源を落とした。

「くそったれが」

スマホをジーンズのポケットに押し込み、おれは目を閉じた。

「とんだ邪魔が入ったな。あのやろう、いつか締めてやっからよ、浩次郎。ゆっくり休んでろよ」

ブルーシートを丁寧にかけ直し、車のドアを閉めた。しっかりロックされていることを確認して部屋へ戻った。

早紀子と雄太が部屋の前に立っていた。

「なにしてんだ、そんなところで？」

「鍵がかかったままだから」

早紀子が言った。

「ああ、悪い、悪い」

部屋の鍵を開けると、雄太が部屋の中にかけていった。

「パパ、約束だよ。早く遊ぼう」

「おう」

雄太はミニカーを手にしていた。

「そんなんでいいのか？　もっと楽しい遊びしようぜ」

おれは雄太を抱き上げた。まだ小さいその身体を宙に放り上げ、抱きとめる。雄太が歓声を上げた。

「どうだ？」

「すげー」

「そうか。すげーか」

また放り上げ、抱きとめる。雄太は満面の笑みを浮かべて手足をばたつかせた。

「ケンイチ、気をつけてよ」

早紀子が言った。

「わかってるって」

今度は雄太の胴に両腕を回し、身体を回転させた。遠心力がかかって、飛んでいきそうになる雄太をしっかり抱えた。

「両腕を広げろ、雄太」

雄太はなにかを叫びながらおれの言葉に従った。

「飛行機だ、雄太。雄太飛行機だ」

「飛行機！」

雄太は笑っていた。全身で喜びを表現していた。おれも笑っていた。笑いながら雄太をぶん回す。ガキの頃、性懲りもなくおふくろが男を家に連れ込んだとき、おれは行くあてもなく近所をぶらついて、楽しげな笑い声に塀をよじ登って知らない家の中を覗いたことがある。

こんなふうに父親がおれと同じ年頃の子供と遊んでいた。子供はもちろん、遊んでいる父親がガキみたいな顔をして笑っていた。その笑顔が新鮮で、羨ましくて、その家の窓に石を投げつけてやった。

多分、おれは五歳だった。五歳で、親子で遊ぶことなど自分とは無縁だと悟っていたのだ。

だが、おれは今こうして雄太と遊んでいる。おれのことをパパと呼ぶガキと汗まみれになって遊んでいる。

どれだけ遊んでやっても雄太は満足しなかった。やっと解放されたのは、宿の連中が食事を運んできたから。

「本当に仲のいい親子さんで」

仲居が言った。

「普段、なかなか遊んでやれないもんで」

おれは頭を掻いた。浴衣が汗でびしょ濡れだった。

「もっと遊びたい」

雄太が駄々をこねている。

「ご飯を食べてからよ」

早紀子が言った。

「ぼく、ご飯いらない」

「雄太！」

早紀子の目尻が吊り上がった。おれはふたりの間に割って入った。

「雄太、飯食わない子とは、遊ばねえぞ」

「食べるよ。ぼく、ご飯ちゃんと食べるから」

「食べたら、卓球しにいこうか」

「卓球？」

雄太の目が輝いた。齋藤の家から連れ出してしばらくは見ることのなかった目つきだ。雄太は時間が経つごとにガキらしさを増していく。

「ピンポンだよ、ピンポン。楽しいぞ」

風呂に入りに行くときに、卓球台があることは確認してあった。

「ピンポン、やる！」

「じゃあ、ちゃんと飯食え。いいな」

「はい」

雄太がお膳の前に座った。仲居が微笑んだ。早紀子は呆れたと言いたげな顔で、おれと雄太を見つめている。

「いただきます、は？」

料理に箸を伸ばそうとする雄太におれは言った。てめえじゃ、いただきますなんてついぞ言ったことがないくせに。

「いただきます」

雄太の声が部屋に響いた。

＊＊＊

雄太はぐっすり眠っていた。遊び疲れたのだ。

食事の後、みっちり卓球をやって、部屋に戻ったら、敷かれたばかりの布団の上でプロレスごっこをした。よほどくたびれたのだろう。雄太は布団に入ると、おやすみなさいを言う前に眠りに落ちた。

「もう一回、風呂入ってくるわ。雄太と遊んだせいで、汗まみれだ」

おれはそう言って腰を上げた。

「待って。この部屋、内風呂も立派なの。一緒に入ろう」

早紀子が言った。おれは目を丸くした。

「いっぱい雄太と遊んでくれたから、お礼がしたいの」

早紀子がバスルームに消えていった。すぐに、水を流す音が聞こえてくる。どうしてかはわからないが、心臓がばくばく言っていた。落ち着こうとジッポで煙草に火をつけ、しかし、気がつけば吸ったばかりの煙草を灰皿に押しつけていた。舌打ちし、自分を罵りながら別の煙草に火をつける。煙草を三本灰にしたところで早紀子の声がした。

「準備できたわよ」

「よし」

おれは両手を顔に叩きつけた。小気味のいい音がして、気合いが入った。初めての女ってわけじゃない。しゃぶらせたし、突っ込んだ。どうってことはない。

脱衣籠《かご》に汗で濡れた浴衣を放り込んで、浴室のドアを開けた。早紀子が湯船につかっていた。

「ちょっとぬるめだけど、いいお湯だよ」

「あ、ああ」

おれはカランに向かい、シャワーを浴びようとした。

「そんなことしなくていいよ。早く来て」

早紀子の声音は優しく響いた。

「そうか」

おれは間抜けみたいにどうでもいいことを呟いて湯船に入った。

「今日はありがとう。雄太、すごく喜んでた」

「どうってことねえよ」

湯船は狭くもなく、広くもない。おれと早紀子は向かい合わせにつかっていた。

「雄太があんなふうに大きな声で笑うの、はじめて見たんだ。震災の時はまだ小さかったし、少ししてからはあいつのところに預けて、年に何回か顔を見るだけだったし」

「これからもっと笑うさ。雄太、どんどんガキらしくなってく。わかってるだろう?」

「うん。ケンイチのおかげだよ。わたしひとりだったら、どうしていいかわからなかった」

「そんなことねえ。おまえは立派な母親だ」

そう言いながら、おれは早紀子の虎みたいな目つきを思い出していた。早紀子なら、ひとりでも立派に雄太を育てるはずだ。

「今日もおっぱい吸う?」

早紀子が言った。おれは首を振った。

「今日はやりてえ」

「いいよ。いっぱいして。雄太、起きないと思うから」

早紀子が立ち上がった。ねっとりとした湯が肌にまとわりつきながら落ちていく。

「背中流してあげる」

「そうか」

おれはまた間抜けな言葉を口にして、早紀子に促されるまま、カランの前の椅子に腰掛けた。早紀子が備え付けのボディシャンプーを泡立て、おれの背中を洗っていく。シャンプーが満遍《まんべん》なく行き渡ると、早紀子の手が離れ、代わって柔らかいものが背中に押し当てられた。

「わたし、マットプレイも上手だったんだ」

「ソープで働いてたこともあるのか?」

「ソープじゃなくても、マットが置いてあるお店もあるの。わたし、そんなに美人ってわけでも、特別プロポーションがいいわけでもないから、おしゃぶりやマットが上手にならないと稼げなかったのよね」

早紀子が話している間も、早紀子の胸は器用におれの背中を行き来した。ただ柔らかいだけじゃなく、つんと尖った乳首の感触が性欲をくすぐっていく。

股間が熱くなっていた。恥ずかしいほどぎんぎんに勃起している。

早紀子の泡にまみれた手が硬くなったおれのものに伸びた。触れるか触れないかの微妙なタッチで早紀子の指が上下する。

「凄く硬いよ、ケンイチ」

耳元で早紀子が囁いた。耳にかかる吐息で、おれの勃起はさらに勢いを増した。

「口でしてあげる」

早紀子がおれの前に回ってきた。タイルの上に尻を落とし、おれの股間に顔を近づける。

「待て」

おれは早紀子を制した。今しゃぶられたら、すぐに射精してしまいそうだ。

早紀子を抱き寄せ、唇を吸った。胸に左手を這わせ、右手の指で早紀子の股間をまさぐった。早紀子は濡れていた。

「おまえに気持ちよくなってもらいてえんだ」

おれは早紀子の目を覗きこんだ。早紀子の目も潤んでいた。

本心だった。心の底からそう思っていた。

おれの口で、舌で、指で、あれで、早紀子を気持ちよくしてやりたい。

「気持ちよくして」

早紀子が言った。声がかすれている。おれは人差し指を早紀子の中に潜り込ませた。

「気持ちいいよ、ケンイチ」

早紀子はおれの肩に歯を当てた。人差し指をゆっくり動かす。早紀子の口から甘い声が漏れた。

女にそんなことをするのは初めてだった。女は穴だ。ちんこを突っ込むための穴。おれはずっとそう思ってきた。惚れたりなんかするか。女に溺れるなんて馬鹿のすることだ。おれのおふくろを見ろ。あれが女って生き物だ。だからこっちも同じように接してやるんだ。やるだけ。やったら放り出すだけ。しゃぶらせて、突っ込んで、射精しておしまい。それがおれにとっての女であり、セックスだった。

今は違う。早紀子は違う。早紀子はおれの女で、おれの女房で、おれの家族だ。早紀子にしゃぶられておれが気持ちよくなるように、早紀子のことも気持ちよくしてやりたい。

人差し指を動かしながら、親指でクリトリスをこすった。早紀子の乳首を口に含んで舌で転がした。早紀子の身体が火照っていた。

「入れて」

早紀子が言った。

「中でケンイチを感じたいの」

早紀子の願いに応えてやりたかった。早紀子の望むことなら、なんでもしてやる。

おれは早紀子を貫いた。早紀子の中は火傷《やけど》しそうなほどに熱かった。

20

鼻先にくすぐったさを感じて目が覚めた。雄太がおれの顔を覗きこんでいる。

「パパ、遊ぼ」

時計を見た。午前六時前だった。おれは唸った。風呂場で一度、布団の上で二度、早紀子とやった。やり終えると他愛のないことを話し、話すことがなくなるとまたやった。寝たのは午前二時を過ぎたころだったはずだ。

「早く、パパ」

雄太に身体を揺すられ、おれはまた呻いた。早紀子の気配がない。最後にやった後、真っ裸のまま抱き合って眠ったはずだ。だが、早紀子は隣の布団で寝ていた。浴衣もきちんと着ているようだった。

「雄太、ママがまだ寝てるから静かにしろ」

「はい」

雄太は自分の口に手を当てた。

「ちょっと待ってろ」

早紀子を起こさないよう気をつけながら服に着替え、雄太の手を取って部屋を出た。

「なにして遊ぶ、パパ？」

雄太はスキップするような足取りでおれについてくる。

「探検に行こう」

「探検？　すげー」

旅館の前には中禅寺湖《ちゅうぜんじこ》が、裏手には森が広がっている。森の中を散歩すれば、雄太も喜ぶだろう。フロントに訊ねると、一時間ほどでまわれる遊歩道が整備されているということだった。途中、展望台があって、中禅寺湖を一望できるらしい。

「行くぞ、雄太」

おれは雄太を連れて遊歩道に足を向けた。木道が森の奥へと続いている。森に一歩はいると湿った、新鮮な空気が肺を満たした。聞こえるのは鳥の鳴き声だけ。時折風が吹くと、木々の葉が揺れながら音を立てる。至るところに虫がいた。雄太は虫を見つけては近寄り、「なんていう虫?」とおれに訊いてくる。虫の名前なんてなにも知らなかった。知らないことが悲しかった。

「わからねえよ」

訊かれるたびにそう答えていると、やがて雄太はおれにはなにも訊かなくなった。

アゲハチョウが飛んでいた。名前も知らない花にとまり、蜜を吸ってはまた別の花のところへ飛んでいく。

「チョウチョだ」

雄太が言った。

「あれはアゲハチョウっていうんだ」

「アゲハチョウ――」

黄色と黒と白の模様が入った羽が優雅に揺れ動く。雄太はその動きに見とれていた。

「虫、好きか」

「うん。ゴキブリは嫌いだけど、虫は好き」

「そうか。ちょっと待ってろ」

おれはさりげなくアゲハチョウに近づいた。蝶を捕るのは昔から得意だった。網がなくても簡単に捕まえることができるのだ。コツは気配を消すこと。捕まえてやるぞと意気込んでいると、蝶もそれに気づく。おまえなんぞに興味はねえ——そういう態度を貫くことが大事なのだ。

蜜を吸い終えたアゲハチョウが別の花へ移動した。手を伸ばせば届く範囲だ。そっと息を吐き出し、右腕を素速く伸ばした。アゲハチョウがおれの意図に気づいて飛び立つ寸前、親指と人差し指で羽を挟んだ。

「ほら」

おれはアゲハチョウを雄太の目の前に差し出した。

「パパ、すげー」

「羽をそっと持つんだ。強く摑むと羽が傷んで死んじまうからな。気をつけろ」

おれの指から雄太の指へ、アゲハチョウが移動する。雄太は目を輝かせながらアゲハチョウを見つめていた。

「ぼくもアゲハチョウ捕れる?」

「もっと大きくなったらな。おれが……パパが捕り方教えてやる」

「ほんと？」

「本当だ。だから、そのアゲハチョウ、もう放してやれ」

「放すの？」

「そうしないと、死んじゃうんだ」

雄太は悲しそうにアゲハチョウを見た。放したくはないのだ。自分のものにしておきたいのだ。

「死んでもいいのか？」

雄太が首を振った。

「じゃあ、放してやれ。またパパが捕ってやるから」

「うん」

雄太が指を離した。アゲハチョウが飛んでいく。

「よく放してやったな。偉いぞ」

おれは雄太の頭を撫でた。雄太は嬉しそうに笑って、おれの手を握ってきた。

＊　＊　＊

展望台に着いたときには、空模様がおかしくなりはじめていた。晴れていた空が、西の方から雲に覆われていく。中禅寺湖の湖面もよどんで見えた。

それでも雄太は喜んでいた。百円で使える双眼鏡を覗きたいと駄々をこね、おれに支えられて双眼鏡を覗いた。

雄太にはなにもかもが新鮮な経験なのだ。それは、おれも同じだった。ガキと森の中を歩くなんぞ、数日前までは考えたことがなかった。もし、だれかが「おまえは森の中でガキにアゲハチョウを捕まえてやることになる」と言ったとしても、笑い飛ばすか殴り飛ばすかしていただろう。

「パパ、ママがいるとこ、どこ？」

雄太が訊いてきた。おれたちの泊まっている旅館は森の南西の端に建っている。ここから見ると、マッチ箱ぐらいの大きさだった。

「あそこだ」

おれは双眼鏡の向きを変えてやった。

「見えるか？　あの旅館の中にママがいるんだ」

「車が来てる。たくさん」

雄太が言った。

「車？」

「黒い車」

おれは目を凝らした。東京方面から旅館の方へ向かう車が三台、連なっている。

「雄太、ちょっと貸してくれ」

おれは雄太をおろし、双眼鏡を覗いた。先頭を走っているのは黒いセダンだった。その後ろにミニバンが二台。ナンバーまでは読み取れない。

三台はおれたちの旅館の駐車場に乗り入れた。それぞれの車から、男たちが降りてくる。全部で五人。顔つきは判別できなくても、身なりでそれとわかる。

ヤクザどもだ。

「拓郎の野郎」

おれは歯ぎしりした。昨日の拓郎からの電話だ。とっくの昔に拓郎のところに手が回っていて、あいつはヤクザに言われて電話をかけてきたのだ。そうとも知らず、おれはうかうかと日光という地名を口にしてしまった。

それだけじゃない。宿帳には本名まで書いてしまったのだ。日光にいるとわかれば、あとは電話をかけまくれば事足りる。

ヤクザたちは駐車場に停まっている他の車をあらためていた。その様子でピンと来た。やつらはまだ、おれがプリウスに乗っているのだ。

目が痛くなるほど双眼鏡をじっくり覗いた。稲葉らしき男の姿はない。

ならば、まだチャンスはある。やつらは早紀子の顔を知らないかもしれない。

携帯で早紀子に電話をかけた。

「もしもし？」

早紀子の声は寝惚けていた。

「やつらが来た。駐車場にいる」

しゃっくりのような音が聞こえた。

「雄太は？」

早紀子は一瞬で非常事態モードに突入した。声でそれがわかる。

「おれと一緒にいる。旅館の裏の森の中だ」

おれは雄太の頭を撫でながら言った。雄太は怯えていた。

「どうする？　どうしたらいい？」

早紀子は落ち着いていた。きっと、虎の目で辺りの様子をうかがっているんだろう。

「いいか、よく聞け」おれは言った。「連中は駐車場でプリウスを探している。おれたちが車を替えたことを知らないんだ」

「うん」

「やつらは多分、おまえの顔も知らない」

「本当に？」

「稲葉って野郎がいないんだよ。知らない可能性の方が高い。そうだろう？」

「もし、写真かなんか渡されてたら？」

「おまえの写真って、風俗の店で使ってるような修整写真か？　それじゃ、なおさら気づかねえだろう」

「失礼ね」

早紀子の声が柔らかくなった。上出来だ。

「いいか。何気ない振りをして、車に乗って旅館を出るんだ。金を忘れるな」

「もし捕まったら？」

「雄太はおれが面倒を見る」

おれは言った。早紀子が息を飲むのが伝わってきた。

「絶対だよ。わたしのことはしょうがないけど、雄太を見捨てたりしたらゆるさないから」

早紀子の声は耳にではなく、心に直接響いてくるみたいだった。

そう。もし、早紀子がやつらに捕まったらしょうがない。助けに行けば、おれも捕まる。やつらはおれを殺す。よくて半殺しだ。早紀子はソープに売り飛ばされるか。雄太は——やつらはガキには目もくれない。いや、どこぞの変態に売るとか、内臓目当ての金持ちに売り飛ばすっていう手もある。いずれにせよ、雄太は幸せになれない。

もしものときは、おれと雄太だけで逃げる。早紀子を助けるのはその後のことだ。

「雄太はおれの息子だ」おれは雄太の手を握った。「見捨てたりするもんか」

雄太がおれの手を強く握り返してくる。

「わかった。信じる」

「車に乗ったら、湖畔を西へ向かうんだ。しばらく行ったら、なんちゃらっていうキャンプ場があったろう。覚えてるか？」

旅館に入る前に、車で中禅寺湖を一周した。その時キャンプ場を見つけたのだ。

「わかると思う」

「そこで落ち合おう。おれたちは歩きだから、時間がかかる。どこにも行かないで待ってるんだ。いいな？」

「じゃあ、キャンプ場で。落ち着けよ。落ち着いていればだいじょうぶ。上手くいく」

「うん」

「心配しないで。ちゃんと切り抜けてみせるから」

虎の目。母の声。早紀子はやるだろう。

「よし――」

おれは言葉を続けようとしたが、電話はとっくに切れていた。

「疲れてないか？」

おれは雄太に顔を向けた。

「うん」

「怖くないか？」

「パパがいるから平気」

「ママがいてくれたらもっと平気だよな」

雄太がうつむいた。

「顔を上げろ、雄太」

雄太はすぐに反応した。

「ママを迎えに行くぞ。ママはおまえを待ってる」

「うん」

「よし。いい子だ」

おれは空いている手で雄太の頭を撫でながら、キャンプ場の方角に目を向けた。遊歩道がそこまで続いているわけじゃない。森の中を突っ切ってキャンプ場へ向かうのだ。迷わぬよう、キャンプ場の位置をしっかり頭に刻みつけた。

＊　＊　＊

雨が降ってきた。静かだった森が雨音でにわかに騒がしくなる。だが、濃く茂った葉のおかげでおれたちが濡れることはなかった。

湿度が上がり、匂いが濃くなっていく。植物と土、獣の匂い——全部混ざったのが森の匂いだ。それを嗅ぐのは嫌じゃなかった。

もうどれぐらい歩いただろうか。森の中は暗く、方角を見失いやすい。それでもおれに迷いはなかった。おれの向かっている先にキャンプ場はある。こういうのを信念というのだろうか。おれにはその信念があった。

雄太が遅れはじめていた。雄太の手を握ったおれの腕が伸びる。疲れたかと聞いても雄太は首を振るだけだった。

健気《けなげ》なガキだ。可愛くてたまらなかった。浩次郎はガキが好きだったしガキに好かれたが、おれはガキになんか目もくれたことがなかった。浩次郎がガキと戯《たわむ》れているのを見ると、露骨に舌打ちしていたぐらいだ。

それがこうも簡単に変わってしまう。おれがこれまで見ていた世界は、信じていた世界はなんだったのだろう。早紀子の虎の目がおれを捉え、すべてが変わってしまった。

携帯を取りだした。相変わらず、森の中は圏外だった。早紀子はもうキャンプ場にいて、やきもきしているに違いない。

「お腹減った」

とうとう雄太が音《ね》をあげた。朝からなにも食っていないのだ。当然だろう。

「もう少し我慢しろ」おれは地面に膝をついた。「おんぶしてやるから、な？」

「うん」

雄太が背中に飛びついてくる。雄太の身体は冷たかった。ガキの体調はよくわからない。だが、これからは知らないで済ませるわけにはいかないのだ。

「寒くないか？」

「パパの背中、暖かいよ」

「木の枝に頭ぶつけないよう、注意しろ」

「わかった」

おれは雄太を背負って歩きはじめた。雨脚がさらに強まっている。木々の間から雨粒が落ちてくる。この調子で降り続けば、足もとがぬかるんでしまう。おれは足を速めた。

「雄太は歌えるのか？」

「歌？」

「そうだ。なにか知ってるか？」

雄太が歌いはじめた。早紀子が毎夜歌う子守歌だった。雄太が歌い終わるまでおれは黙って聞いていた。

「他の歌は？」

「知らない」

雄太は幼稚園にも行っていない。震災が起こったときにはもっと小さかった。その後はあのクソ野郎のところに預けられたのだ。歌を知らないのも当然だった。

「じゃあ、おれが歌を教えてやる」

「ほんと？」

おれはガキが歌うような歌を思い出そうとした。だめだった。おれのおふくろは子守歌を歌ってくれなかったし、幼稚園にも行かせてくれなかった。おれが知っているのはテレビで聞いた歌謡曲だけだったし、雄太に聞かせるのにふさわしいとも思えない。

「パパ、早く歌ってよ」

雄太が急かす。その時、地面に落ちているどんぐりが目に入った。ある歌が頭に浮かぶ。メロディも歌詞もうろ覚えだった。

「どんぐりごろごろどんぶらこ」

おれは歌った。

「雄太も歌え」

「うん」

どんぐりごろごろどんぶらこ。多分、歌詞もメロディも間違えている。おれの知ったことか。雄太が楽しそうにおれの教えた通りに歌っている。それで充分だ。

雨降る森の中に、おれと雄太の歌声が響く。なんだか痛快な気分だった。

＊　＊　＊

時間の感覚と一緒に方向感覚も曖昧になってきた。雨は降り続き、足もとはぬかるんで歩きにくい。

雄太は歌うのにも飽きたのか、それとも疲れたのか、おれの背中で静かにしていた。寝ているわけじゃないことは気配でわかる。

「パパ、あの木、さっきもあったよ」

雄太が指差したのは、太い、根元近くに大きな穴のあいた木だった。

「馬鹿言え。ここは初めて通るんだぞ」

「さっきも見たもん。おっきな穴の木」

多分、似たような木と間違えているのだ。どの木もおれの目には似たり寄ったりだった。もし、同じところをぐるぐるまわっているのだとしたら、足跡でそれとわかる。ぬかるんだ地面は泥となって足跡がくっきり残るようになっていた。

とはいえ、おれは焦っていた。おれの感覚が正しければとっくに森を抜けていていいはずだ。だが、どこまで行っても道路には出ず、耳を澄ましても車のエンジン音もしない。聞こえるのは雨が葉や木の幹、土を打つ音だけだった。携帯も相変わらず圏外だった。

「パパ、お腹減った」

「おれもだ」

自分でも声に棘《とげ》が含まれているのがわかった。本当は黙っていろと怒鳴りたかったのだ。背中で雄太が身を強張らせるのがわかった。

ちきしょう。自分をコントロールできないで、ガキに躾ができるか。

深呼吸を繰り返す。

「もうちょっと我慢しろな、雄太。ママと一緒になったらすぐに飯食いに行こう」

「うん」

焦っちゃだめだ。苛々してもよくない。雄太はおれを見て育つ。おれのようなクズにはなって欲しくなかった。それなら、まっとうな人間らしい行動で雄太に接するべきなのだ。

もう一度携帯に目をやった。電波は圏外だが、それ以外の機能に問題はない。早紀子に電話をかけてから一時間半近くが過ぎていた。早紀子は無事だろうか。キャンプ場でやきもきしながらおれたちを待っているのか。

それとも――おれは首を振った。嫌なことを考えれば嫌な気分になる。雄太は敏感なガキだった。おれの気分をいち早くキャッチするのだ。

親というのも楽な稼業じゃない。

雄太とふたりきりで森の中をさまよっているうちに、おれはそのことを実感した。自分を律しなきゃならない。その時の気分に応じてガキに接してたら、ガキは面食らう。ルールを決めて、自分自身もそのルールに従うべきなのだ。きっと、おれや浩次郎のおふくろはルールを決めることもルールを守ることも知らなかったのだ。

あんな親にはなりたくない。絶対になるもんか。だから、辛くても腹立たしくても、歯を食いしばって耐えなきゃならない。

血は繋がっていなくても、雄太のためならできる気がした。雄太は早紀子のガキだから。早紀子が自分を犠牲にしても守ろうとしているガキだから。

浩次郎がいない今、おれの家族と呼べるのは早紀子と雄太だけだから。

浩次郎——思い出した。おれは浩次郎のスマホを持っている。

上着のポケットからスマホを取りだし、電源を入れた。スマホも電波は圏外だ。だが、これでコンパスを使っているのを見たことがある。方位がわかれば、この森から出られるはずだ。

苦労しながらコンパス機能を呼び出した。おれは自分で思っているよりずっと西に歩いていたらしい。このまま南へ進めば、キャンプ場の近くに出るはずだ。

「もうちょっと歩くぞ、雄太。平気か？」

「パパがいるから、だいじょうぶ」

疲れた声だった。眠たげにも聞こえる。抱きしめてやりたい——突然、抑えがたい感情に襲われておれは狼狽《うろた》えた。それはおれの胸の奥に突然やって来て、爆発的に広がったのだ。

「パパ、どうしたの？」

「なんでもねえ」

おれは乱暴に言って、雄太を背負い直した。雨脚がまた強くなっている。おれも雄太もびしょ濡れだった。早く森を抜けないと、雄太が風邪を引くかもしれない。

「しっかり摑まってろよ、雄太。走るからな」

おれは雄太を背負ったまま、勢いよく駆けだした。

21

国道を走る車の音が聞こえてきた。おれは走るのをやめた。呼吸が苦しい。膝も震えている。こんなに走ったのは何年ぶりだろう。

おれは雄太を背中からおろし、木々の間から国道の様子をうかがった。キャンプ場は左に数百メートル行った辺りだろう。怪しい車は見当たらなかった。旅館を出てから三時間近くが過ぎている。

連中は諦めたか、早紀子だけを捕まえて撤収したかだ。

そう決めて、おれは雄太の手を引いて国道に出た。道路を渡り、歩道をキャンプ場の方に進んでいく。携帯に電波が入るようになっていた。早紀子に電話をかけた。

最初の呼び出し音が鳴り終わる前に早紀子が電話に出た。その声は涙で濡れている。

「どこでなにやってるのよ」

「森の中で道に迷ったんだ。今、国道を歩いてる」

「どっち？」

「キャンプ場出たら右折」

「わかった。すぐ迎えに行くから」

「おまえはだいじょうぶなのか？」

おれの言葉が終わる前に電話が切れていた。

「雄太、降りろ」

「雄太、ママはせっかちだな」

「せっかち？」

「うん。雄太のことが心配でしょうがねえんだ」

言葉の意味を説明するのが面倒くさくて、おれは適当にごまかした。

「パパは？　パパもせっかち？」

「そうだ。おれも雄太のことが心配だ」

雨に濡れた顔で、雄太が嬉しそうに笑った。また、あの感情が爆発する。今度は狼狽えなかった。その場にしゃがみ、雄太を抱きしめた。

「寒くないか？」

「平気だよ」

「すぐにママが迎えに来るからな」

「パパ、あったかい」

ずっと森の中を走ってきたのだ。おれの身体はまだ火照っていた。服が濡れているのは汗のせいなのか、雨のせいなのかもわからない。

おれは雄太の頭を撫でてから腰を上げた。キャンプ場の方から、車が一台、もの凄いスピードでこちらに向かってくる。ヴォクシーだった。

早紀子はタイヤを軋らせながらUターンし、おれたちの脇で車を停めた。

「雄太」

早紀子が運転席から飛び降りた。おれを突き飛ばすような勢いで雄太を抱き上げた。

「雄太はだいじょうぶだ」

おれは言った。早紀子がおれを見た。虎の目で。だが、長くは続かなかった。虎の目に迷いが生じたと思ったら、その目に涙が滲んできた。

「ありがとう、ケンイチ」

「車に乗ろう。早いうちにここから遠ざかるんだ」

早紀子はうなずくと、後部座席のドアを開けて乗り込んだ。おれは運転席へ。シートに座った途端、寒気を感じた。

「雄太、途中のコンビニで飯買うぞ。なにがいい?」

「クリームパン」

雄太の声を聞きながらアクセルを踏んだ。

「無事、逃げられたんだな」

ルームミラーを見ながら早紀子に話しかけた。早紀子は旅館からくすねたタオルで雄太を拭いている。

「ケンイチの言う通りだった。あいつら、わたしの顔を知らないみたい。何気ない振りして車に乗って、そのまま走り去ったけどなにも起こらなかった」

「金は？」

「もちろん、持って来たよ」

後部座席にリュックが転がっていた。

「旅館の代金、よくわからないから五万円、部屋に置いてきたけど」

「五万？」

「だって、高級そうな旅館だしそれぐらいするのかなって」

「五万？　あのクソ旅館、そんなにぼったくるのか？」

「雄太の前で変な言葉使わないで」

「あ、ああ、すまん」

「ぼく、パパに歌と言葉教わったよ」

雄太が高らかに言った。

「歌と言葉？」

「うん。ママ、せっかちでしょ？　ぼくのこと心配するの、せっかちって言うんだって」

「嘘を教えたの？」

おれはルームミラーの角度を変えた。早紀子の顔が見えなくなる。

「歌はね、どんぐりの歌」

「雄太、もういい」

おれは言ったが、遅かった。雄太が口を大きく開けて歌い出した。

どんぐりごろごろどんぶらこ――

早紀子の罵声が飛んでくるのを予想して、おれは首をすくめた。

だが、聞こえてきたのは笑い声だった。

「なによ、この変な歌？　ケンイチが作ったの？」

「変な歌でわるかったな」

おれは乱暴にアクセルを踏んだ。なのに、ヴォクシーはたらたらと加速するだけだった。

どんぐりごろごろどんぶらこ

雄太は同じ歌詞とメロディを歌い続け、早紀子もまた笑い続けていた。

＊＊＊

コンビニで食料と氷を買った。人気のない駐車場で溶けた氷と新しい氷を取り替えた。ほんのかすかに嫌な匂いがする。なにかが腐りはじめた匂いだ。

早紀子と雄太は駐車場の端にあるベンチに腰掛けて菓子パンを食っていた。

「すまねえ、浩次郎。温泉で遊んでる場合じゃなかったな」

おれは浩次郎に話しかけた。浩次郎の全身は結露のせいで濡れていた。おれと同じだ。早紀子や雄太と同じだ。

「早紀子の故郷に埋葬してやろうと思ってんだ。おまえもおれの家族だからよ。いいだろう？　おれたちが生まれ育ったクソみたいな町よりよっぽどいいだろう？」

上着の袖で浩次郎の顔を拭いてやった。浩次郎が笑ったような気がした。泣いてしまいそうだった。おれは慌てて荷室のドアを閉めた。

早紀子たちの方へ行こうとして、また寒気に襲われた。身体が怠《だる》い。手首の痛みもぶり返していた。遅くまで早紀子とやって話して、朝早くに雄太に叩き起こされてちょっとした冒険をこなしたのだ。疲れも溜まる。

腹が鳴った。おれは早紀子の隣に腰を下ろし、レジ袋の中から適当に菓子パンをつかみ取った。ウィンナーロールだった。紙パック入りのオレンジジュースで喉を潤しながら食べた。喉がやけに渇いている。

「ケンイチ、だいじょうぶ？　顔色悪いよ」

早紀子がおれの顔を覗きこんできた。

「そうか？」

「目も赤いし、風邪でも引いたんじゃない？」

「馬鹿言え。おれは生まれてからこの方、風邪なんか一回も引いたことはねえんだ」

嘘だった。だが、風邪を引いたことは数えるぐらいしかない。

「だいじょうぶならいいんだけど」

早紀子は新しい菓子パンをおれの手に押しつけた。焼きそばパンだった。

「甘いやつねえのかよ？」

「雄太が全部食べちゃった」

雄太は早紀子に身体をもたせかけて目を閉じている。どうやら眠っているらしい。遊んで食べて寝る。雄太はどんどんガキらしくなっていく。

焼きそばパンをゆっくり食べた。急に食欲が失せ、胸焼けがしてきたのだ。最後の一口をオレンジジュースで胃に流し込み、おれは立ち上がった。

「さあ、行くぞ」

「もう少し待って。雄太、眠ったばかりだから」

「浩次郎が腐りはじめてるんだ」

早紀子の目が丸くなった。

「この近くで埋めてあげた方がいいんじゃない？」

おれは首を振った。

「おれの近くにいたがるはずだ。そういうやつなんだ。寂しがり屋でよ」

「近くって？」

「おまえの地元」

「ちょっと待って。どういうこと？　コージローは寂しがり屋で、死んだ後もケンイチのそばにいたがる？」

おれはうなずいた。

「つまり、ケンイチはわたしの地元に住むつもり？」

おれは頭を振った。

「仙台あたりに部屋を借りようと思ってる」

早紀子はほっとしたように肩から力を抜いた。

「それならいいよ。じゃあ、急ごう。今日中に名取に着いて、コージローを埋葬してあげなきゃ」

早紀子は雄太をそっと抱き上げた。よほど疲れていたのだろう。雄太は目を覚ます様子もない。車に向かっていくふたりの後を追おうとして、おれはよろめいた。

膝から下が棒のようになっている。怠く、感覚が鈍いのだ。

「なんだこれ？　歩きすぎってか、久しぶりに走ったからか？」

おれは首をひねりながら運転席に乗り込んだ。

＊＊＊

頭が割れるように痛み、身体の怠さが増していく。絶えず寒気が襲ってくる。自分で思っているよりくたびれていたんだろう。それに加えて長時間雨に打たれ、走って体力を消耗した。何年、いや、十数年ぶりに風邪を引いてしまったのだ。

霞む目を乱暴にこすりながら運転を続けた。眠気が耐えがたくなったら、ステアリングに額を打ちつけた。

郡山《こおりやま》ジャンクションを通過した。早紀子と雄太は後部座席で爆睡している。おれも横になりたかったが、意地になって運転を続けていた。

今夜中に浩次郎を埋葬してやるのだ。この車の中で浩次郎を腐らせるなんて、耐えがたい。

浩次郎を殺してしまったのはおれだ。おれには義務がある。埋葬する前に腐ってしまったら、浩次郎がおれをゆるしても、おれはおれをゆるせない。

ヴォクシーのスピードメーターは百二十キロを指していた。もっと飛ばしたかったが、スピード違反でパクられるわけにはいかない。なにがなんでも早紀子の地元に行って、浩次郎を埋葬するのだ。

背後でクラクションが鳴った。ヴォクシーが車線をはみ出て走っていた。慌てて走行車線に戻る。またクラクションが鳴った。走行車線のすぐ後ろを別の車が走っていたのだ。

「やかましい」

おれは怒鳴った。前方にトラックが走っていて、スピードを落とすしかなかった。

「どうしたの？」

早紀子が起きた。

「なんでもねえよ」

ルームミラーに映る早紀子の目つきが変わっていく。

「ケンイチ、凄い汗だよ」

「暑いからな」

本当は寒くてたまらなかった。

「顔色がさっきより悪くなってるよ」

「元々こういう顔なんだよ」

早紀子の言う通り、おれの顔はゾンビみたいだった。

「わたしが運転替わる」

「だいじょうぶだって」

「次のサービスエリアで停まりなさい」

早紀子が言った。低く小さな声だったが、凄まじい迫力だった。

「わかったよ」

不服そうに答えながら、おれは内心ほっとしていた。これ以上の運転は身体が保《も》ち
そうになかったのだ。

「パパ、どうしたの？」

雄太も目を覚ました。

「なんでもねえ」

不機嫌な声が出る。雄太が怯えたような表情を浮かべた。

「小便は？」

「したい」

「腹は？」

「なにか食べたい」

「よし。少し休憩するぞ」

なんとかごまかせたようだった。雄太に笑顔が戻った。

前方に安達太良《あだたら》サービスエリアの標識が見えた。スピードを殺しながらサービスエリアに入り、駐車場の隅っこに車を停めた。

「後ろに来て横になって。雄太にオシッコさせて買い物済ませてくるから少し休んでて」

おれは言われた通りにした。後部座席で身体を横たえる。ふいに、冷たい手が額に置かれた。早紀子がおれの体温を確かめている。

「凄い熱……」

「たいしたことねえって。少し休めばすぐ元気になる」

「無駄口叩いてないで、休んでるのよ」

さっきと同じ、迫力のある声が返ってきた。なぜだかわからないが、この声には逆らえない。おれは両腕で顔を覆い、目を閉じた。次の瞬間、すべてが闇の奥に消えた。

多分、気絶するように眠ってしまったんだろう。どれぐらいそうしていたのかはわからないが、早紀子の声がおれを闇の底から引っ張り出した。

「これを飲んで」

早紀子がおれの顔を覗きこんでいる。手にしているのは水のペットボトルだった。おれは言われるままに水を飲んだ。寒気と頭痛が酷くなっている。

「いいわ。横になってて」

早紀子が離れていく。すぐに荷室のドアが開いた。

「人に見られたらまずい……」

「わかってる」

早紀子の声と同時に荷室のドアが閉じられた。すぐに早紀子が戻ってきて、おれの顔に驚くほど冷たいものを押しつけてきた。

コンビニのレジ袋に、浩次郎を冷やしていた氷のパックを入れたものだった。

「多分、三十八度以上熱があると思う。ここのサービスエリア、なんにもないから、次のインターで降りて、ドラッグストアに寄るから」

「そんなことしなくていい。今日中に――」

「わかってる。今日中にコージローを埋葬してあげる。それまでに身体動かせるようにしておかなきゃ。そうでしょう？」

早紀子の言う通りだった。今のおれにはシャベルを持ち上げることもできそうになかった。

おれは氷の入った袋を額にあてて目を閉じた。すぐにでも眠ってしまいそうだった。早紀子の気配が遠のく。代わって雄太の気配が近づいてきた。

「雄太、そっちじゃないよ。雄太はこっち。助手席に乗るの」

「ぼく、パパのそばにいる」

雄太の声がすぐそばでする。目を開けて笑いかけてやりたかったが、瞼がとてつもなく重かった。

「パパ、だいじょうぶ？」

「うん。だいじょうぶだから心配するな」

「ぼく、せっかちになってるよ」

雄太がおれの手を握ってきた。おれはその小さな手を握り返した。

22

優しく揺り起こされた。どこかの町の郊外のショッピングモール。景色でそれとわかる。雨が車の窓を叩いていた。

「服、脱がせるからね。ちょっと寒いかもしれないけど、我慢して」

早紀子が言う。おれはされるがままになる。上着を脱がされ、シャツを脱がされ、ジーンズを脱がされ、靴下とパンツも剝ぎ取られる。

おれは素っ裸だった。

頭痛は治まっていたが、寒気はしつこく居座っている。

「楽にしてて」

早紀子がタオルでおれの身体を拭いていく。おれは汗でびしょ濡れだった。

タオルの感触が心地よい。時折触れる早紀子の冷たい指先がくすぐったかった。早紀子は壊れ物を扱うように、丁寧に優しくタオルを動かしていた。

涙が溢れそうになった。

おれにこんなことをしてくれたやつはだれもいない。おふくろはもちろんしてくれなかった。浩次郎だってしてはくれなかった。

爪先も、股間も、早紀子は嫌がらずに拭いてくれる。おれが欲しかったものを与えてくれる。

「そんなとこまでいいよ」

早紀子が金玉袋の裏を拭くと、おれは言った。

「照れなくていいよ。風俗嬢だから、こういうの平気なの」

それ以上抗う気力がない。

「よし。少しはさっぱりした？」

おれの全身を拭き終えると、早紀子はビニール袋から衣類を引っ張り出した。

「サイズ、合ってるといいんだけど」

ユニクロのパンツに靴下、シャツ。身体の怠さと闘いながら着た。どれもぴったりだった。

「食欲ある？」

おれは首を振った。

「お握り一個でいいから食べて。その後、薬飲むからね？」

ガキに話しかけるような口調だった。それが嬉しかった。

お握りを受け取った。コンビニのお握りだ。具は梅だった。

「はい」

ペットボトルのお茶も渡された。おれは何度もつかえながらお握りを頬張った。

「頑張ったね。次はこれ」

薬の包みは封が切ってある。中身を口に放り込み、お茶で流し込んだ。

「雄太は？」

「寝てる。ケンイチのこと心配して、無理してずっと起きてたから。寒い？」

おれはうなずき、横になった。身体のあちこちが痛む。だが、起きている方がしんどかった。

「念のために買っておいてよかった」

早紀子が別のビニール袋から毛布を出した。その毛布を自分で羽織《はお》るようにして、おれに抱きついてくる。

「あったかいでしょう？」

「行かないと」おれは言った。「浩次郎を埋めてやらないと」

「一晩ぐらい遅れたって、コージローは文句言わないよ。それより、ケンイチが無理して身体壊したら、心配すると思う」

おれは諦めて目を閉じた。早紀子の言う通りだ。

どれだけ寝たのかはわからないが、まだ寝たりなかった。目を閉じるとすぐに眠気がやってくる。うとうとしかけたとき、柔らかい声が耳をくすぐった。

早紀子の歌声だった。あの子守歌だ。雄太に歌うように、早紀子はおれに歌ってくれていた。母が子に歌う子守歌。耳から入って心臓を直撃する。

身体が震えた——寒いからじゃない。震えが止まらない。

「どうしたの、ケンイチ？　凄い震えてる」

やめないでくれ。歌ってくれ。おれが眠りに落ちるまで歌い続けてくれ。お願いだ。

心の底からそう願ったが、なぜか言葉が出なかった。おれはなにかを言う代わりに早紀子をきつく抱きしめた。

「おっぱい吸う？」

早紀子が言った。おれは早紀子を抱きしめたまま、うなずくこともできずにいた。

早紀子がまた歌い出した。身体から力が抜けていく。おれはただ優しい子守歌に耳を傾けた。また、身体が震えた。早紀子がもぞもぞと動いている。

「ほら、ケンイチ、おっぱいだよ」

早紀子が歌うのをやめて言った。唇に乳首が触れた。おれはそれを含み、吸った。赤ん坊のように音を立てて吸った。

早紀子がまた歌う。おれのために歌う。

早紀子の乳首を吸いながら、今度こそおれは泣き出した。

23

目が覚めると、寒気が消えていた。まだ怠さは残っているが、身体を動かすことにはなんの問題もなかった。

早紀子が車を運転していた。早紀子の運転は荒かった。加減速がへたくそで、アクセルやブレーキを踏むたびに車体が前後に揺れる。

「どこかで停めろ。おれが運転する」

「パパ！」

助手席にいた雄太が声を張り上げた。

「平気なの？」

「もうだいじょうぶだ」

腹が鳴った。空腹に目眩がしそうだった。

「雄太、腹減ってないか？」

「さっき、ドーナツ食べたよ」

雄太の足もとにミスタードーナツの箱が置いてあった。

「ケンイチの分もあるよ。食べる？」

早紀子が言った。

「昨日から、コンビニとかファストフードばっかじゃねえのか？　雄太にはもっといいもの食わせてやろうぜ。あそこのファミレスに入れよ」

前方にファミレスが見えていた。

「コンビニもファミレスも大差ないと思うけど」

「少しは違うだろう」

早紀子は乱暴にウィンカーレバーを倒し、バックミラーを確かめもせずに車を左折させた。駐車もへたくそだった。

おれが前後不覚になっていた間、こんな運転を続けていたと考えるだけで冷や汗が出てくる。

「ケンイチ、なにか言いたそう」

「おまえはもう運転するな」

「平気よ。田舎じゃ毎日運転してたんだから」

「雄太のためだ。おれが運転するから、おまえはやめろ」

雄太のためという言葉が効いたのか、早紀子はおとなしくなった。

車を降りると、雄太が駆け寄ってきておれの手を握った。雄太は笑っている。齋藤のところで初めて見たときとは別人のようだ。雄太の変化がなんだか嬉しかった。

カツカレーと単品のハンバーグを食べた。まだまだ食えたが、すでに朝食を終えていた早紀子と雄太に気を遣ってファミレスを出た。おれが他人に気を遣う。笑ってしまいそうだった。

運転席に座ってエンジンをかけた。

「早紀子、ここ、どこ?」

場所を訊いた。

「わかんない」

早紀子が言った。くそ真面目な顔つきだった。

「二本松《にほんまつ》インターで高速を降りたの。で、ドラッグストア探して適当に走ったから」

「さっきはどこに向かって車走らせてたんだよ」

「なんとなくこっちの方に行けば高速かなって」

おれは溜息をついた。ヴォクシーにはカーナビのモニタが付いていた。だが、電気系統がいかれているのか、なにをやっても電源が入らない。

とりあえず駐車場から車を出した。歩道を歩いていたおっさんに声をかけて、高速の方角を訊いた。おっさんによると、おれたちがいるのは本宮《もとみや》市というところだった。早紀子は高速を降りた後、南に向かってしまったのだ。

結局、本宮インターから高速に乗った。

「おまえの地元に行くのに、どこで高速降りればいいんだ？」

「どこだろう？」

ルームミラーの中で早紀子が首をかしげた。

「毎日車転がしてたんだろう？」

「仙台からの行き方だったらわかるんだけど」

「仙台まで行けばいいんだな？」

「仙台南っていうところから、仙台南部道路に乗り換えるの」

「仙台南ね。わかった」

おれはアクセルを踏み込んだ。追越車線に移動してちんたら走っている軽を抜いた。時間が経つごとに体調が回復していく。今なら、四、五人相手にステゴロをしても軽く勝てそうだ。

自分でも意識しないまま、鼻歌を口ずさんでいた。どこかで聞いたどうでもいいような歌だ。それがなぜだか、頭の中で延々と繰り返される。

「パパ、違う歌教えて」

後部座席で雄太が叫ぶように言った。

「違う歌？」

「どんぐりごろごろじゃないやつ」

「あれしか知らねえんだよ」

おれは呟くように言った。

「なんでもいいのよ。子供の好きそうな歌、あるでしょ」

早紀子が身を乗り出してきて囁いた。

「だから、知らねえんだって」

「嘘。童謡とか、アニメの歌とか、なにか知ってるでしょ？」

「学校にはほとんど行ってねえ。家にいるのが嫌だったから、テレビもあまり見なかった」

早紀子が離れていく。ルームミラーに映るその顔はなにかを考えているようだった。

「パパ、早く歌って」

雄太が言った。

「雄太、パパはね、運転が忙しいから、ママが歌ってあげる。アンパンマンの歌、知ってる?」

「知らない」

雄太もテレビを見せてもらえるような状況にはなかった。普通のガキが知っている歌を知らないのだ。

早紀子が歌いはじめた。透き通った綺麗な歌声だった。雄太が真剣な顔つきで耳を傾けている。

アンパンマンというキャラクタは知っていたが、歌は知らなかった。おれには知らないことが腐るほどある。おれが知っているのは薄汚れた路地裏でどうやって生きていくかっていうことだけだった。

勉強が必要だ。知識が必要だ。雄太の父親になるために、いろんなことを知らなきゃならない。ろくでもない父親になるのはごめんだ。おれは、おれが持ちたいと思っていた家族を持つ。そのためには、もっと立派な人間にならなきゃだめだ。早紀子が歌っている。雄太のために歌っている。本当はおれが歌ってやるべきなのだ。

雄太、待ってろよ。おれ、絶対立派な父ちゃんになってやるからよ。

声に出さずに言った。おれの誓いの言葉だ。

おれになにかひとつ、他人に自慢できることがあるとしたら、決めたことは絶対にやり通してきたということだった。滅多に決めたりはしないが、決めた時にはやる。まともな仕事に就いて、雄太になんでも教えてやれるように知識を増やして、雄太がだれかに後ろ指差されたりしないよう、立派な父親になる。

熱に浮かされ、早紀子のおっぱいにしゃぶりつき、早紀子の子守歌を聴いて泣きながら、おれはそう決めたのだ。

早紀子はまだ歌っていた。雄太が覚えやすいようにと同じ歌詞を繰り返している。

立派な父親になるために、まずなにからはじめたらいいのか。

早紀子を見習えばいいのだ。簡単じゃないか。

＊　＊　＊

名取インターで高速を降りると視界が開けた。空港施設を除けば、見渡す限り、なにもない。

「なんだこれ？」

おれは車の速度を落とし、左右に視線を走らせた。海まで見渡せる。町とか集落と呼べるものが一切見当たらないのだ。

「建物とか、みんな津波に流されたままなのか？」

早紀子に声をかけたが返事はなかった。早紀子は暗い顔でうつむいていた。その横で、雄太が覚えたばかりのアンパンマンの歌を歌っている。

おれは何度も生唾を飲みこんだ。

3・11の地震と津波。何度もテレビで流された映像。あれを見て、おれはわかったつもりになっていた。どれだけ酷い状況だったのか。どれだけ凄まじい災害だったのか。

おれは間抜けだ。なにもわかっちゃいなかった。

車を停め、降りた。辺りをほっつき歩く。なにもないわけじゃなかった。家の基礎と言うんだろうか？　コンクリの枠が残っている。あっちにもこっちにも、いや、そこら中に。この辺りは大きな住宅街だったに違いない。それが根こそぎ、津波にやられたのだ。

テレビや写真じゃわからない。この広さが伝わらない。あの地震が、津波が、どれだけ広い地域を襲ったのかは、この場に立たなきゃだれにもわからない。

3・11？　いつのことだ？　一年前か？　一年半前か？　正確には、十六ヵ月前だ。十六ヵ月も経っているのに、なにも変わっちゃいない。いや、瓦礫《がれき》がなくなっている。陸に打ち上げられた船、流された無数の車、なにもかもが片付けられている。片付けられて、なにもない。なにもない分、津波の恐ろしさが際立ってくる。

「びっくりした？」

いつの間にか、早紀子が横に立っていた。

「ああ」

「この辺り、開けた平野で逃げるところがないのよね」

「だな」

海の反対側、遠い向こうに背の低い山並みが見える。あそこまで逃げなきゃならないのだとしたら、津波が襲いかかってきた瞬間、この辺りの人間はみな、死ぬことを約束されたようなものだった。

ノーマンズランド。突然、言葉が頭の中に浮かんだ。きっと、だれかの歌のタイトルだ。だれの歌なのかは思い出せない。

ノーマンズランド。だれもいない場所。

ここはノーマンズランドだ。

「家のあったところに行ってみる？」

早紀子が言った。おれはうなずいた。重い足取りで車に戻り、早紀子の指示通りに運転する。どこまで行っても景色は変わらなかった。延々と続く家の基礎。あちこちに花束が積まれ、線香の匂いが漂ってくる。

ここで生き延びた連中は、まだあの日のことを、あの日死んだ人間のことを忘れてはいないのだ。当たり前だ。

だが、おれたちは、少なくともおれは忘れていた。他人事だった。

「あそこよ」

車が十字路を通過したところで早紀子が左前方を指差した。おれはアクセルから足を離した。クリープ現象でのろのろと車が進む。

「停めて」

ブレーキを踏んだ。ギアをパーキングに入れると、早紀子が雄太の手を引いて車を降りた。おれも後に続く。

とある基礎の前に立って、早紀子は両手を前に突き出した。建坪が十坪ほどの家だったのだろう。

「ここ」

「ここが玄関。廊下があって、右側が階段。この先がリビングダイニング。狭かったけど、毎日掃除して綺麗にしてたんだ。新築で、まだ木の匂いがして……」

基礎のコンクリの上を早紀子が歩く。雄太が続く。

「こっちがトイレ、こっちがバスルーム。バスルームにはちょっとお金かけたんだ。二階は寝室と雄太用に作った部屋。旦那がローン組んで、わたしがパートで働きに出て……」

早紀子が足を止めた。

「システムキッチンどうするかで大喧嘩したんだよね。わたしは、もっとお金かけたかったけど、旦那は料理なんてしないからわかってくれなくて。結局、両方で折れて、なんだか中途半端なキッチンになって、悔しかったなあ。雄太、この家のこと、覚えてる？」

早紀子が雄太の顔を覗きこむ。雄太は首を振った。

「そうだよね。雄太、まだ小さかったもんね」

早紀子の声が濡れていた。

「向かいの増田《ますだ》さん、ワンコ飼ってて、雄太はいつもそのワンコに触りたがったんだよ。まだ喋れないのに、腕を前に突き出してあーあー言って」

「お隣の内山《うちやま》さんのお婆ちゃん、よく雄太を可愛がってくれた。お爺ちゃんも、いつもはしかめっ面なのに、雄太を見ると笑ってたのよ」

おれはかける言葉も見つからなくて、ひとりで喋り続ける早紀子を眺めていた。

「みんな、死んじゃった。津波に流されちゃった」

ふいに、早紀子はしゃがみ、顔を覆って泣きはじめた。その横で、雄太が困ったような顔をしていた。

おれは早紀子の家の中に入った。そう。基礎しかなくてもここは早紀子の家なのだ。

おれもしゃがみ、早紀子と雄太を抱き寄せた。昨日は早紀子がおれを救ってくれた。子守歌を歌い、乳首をおれにしゃぶらせて救ってくれたのだ。今度はおれが早紀子を救う番だ。

「建て直そう」

おれは言った。早紀子の顔を覆っていた手が離れた。

「なに？」

「この家を建て直すんだ。早紀子の望み通りの家に建て替えようぜ」

「なに言ってるのよ」

だれもいない。ノーマンズランド。そこに家を建てるのだ。おれと早紀子と雄太で暮らす家。新しい家族のための新しい家。おれたちで、だれもいないこの場所を人のいる場所に変えるのだ。早紀子の笑い声が、雄太の笑い声が、津波で破壊されたこの場所をもっと明るいなにかに変えるだろう。

「水道もガスも電気も止まったままなんだよ。こんなところに家を建てたって住めないよ」

「そんなこと、なんとでもなるだろう」

おれは言った。おれはおれの考えに夢中になっていた。そうなるともう、他のことは耳に入らなくなる。

「ならないよ」

早紀子が立ち上がった。

「生き延びた人たちも、もう、ここには戻らないって言ってた。わたしもいや」

「だいじょうぶだって、早紀子。電気はよ、発電機買ってくりゃいいんだ。水は井戸を掘ろう」

「ケンイチ……」

おれは早紀子の腰に両腕を回した。抱き寄せ、抱き上げる。

「こういうところがいいんだ。おれたちが生活をはじめるにはよ。だれもいない、なにもない。ここがいい」

「やめてってば」

「おれが作る。知り合いから、大工に頼まないでひとりで別荘建てたってやつの話を聞いたことがある。おれだってやればできるさ。基礎はあるんだ。ゼロから建てるより簡単だろう」

おれは熱に浮かされたように喋った。次から次へとイメージが湧いてくる。新しい家。新しい住処《すみか》。新しい家族。新しい人生。

ノーマンズランドをおれたちの土地に変えてやるのだ。

おれはダンスを踊るように回転した。早紀子の両足が宙を舞う。それを見た雄太が「ぼくも、ぼくも」と声を張り上げる。

これが幸せというものなのだろうか。確かに、胸の中が温かかった。

24

みんなで海岸へ行った。早紀子によれば、海岸沿いには松の防風林が並んでいたそうだ。だが、今はなにもない。すべて津波がのみ込んでしまったのだ。

今日の海は穏やかだった。この海から映像で見たあの凄まじい津波がやって来たとはとても思えない。

砂浜に立つと、早紀子が足を止めた。自分を抱きしめるように、両腕で肩を抱いた。震えているみたいだった。

「あの後、ここに来たの初めて。子供の時はしょっちゅう来て遊んでたのに」

早紀子が口を開いた。おれに言ったわけじゃなかった。

「家族を捜して、この辺りを歩き回ったのよ。でも、また津波が来るんじゃないかって怖くて……家族が辛い目に遭ってるかもしれないのに自分のことしか考えないなんて、なんてダメな人間なのって思ったりしながら」

今度はおれに向けた言葉だった。

「普通、そうだろう。おれは津波の映像をテレビで見ただけだったけど、しばらく海には近寄らなかった」

早紀子が唇を噛んだ。きっと、おれが間違ったことを言ったのだ。雄太が波打ち際へ駆けていく。早紀子がその後を追いはじめた。まるで、雄太がだれかに誘拐されたとでもいうような顔つきだった。

「だいじょうぶだ」

おれは早紀子に声をかけた。早紀子は立ち止まったが、まだ身体が強張っている。

「津波は来ねえ。好きに遊ばせてやれ」

早紀子がうなずいた。今度はおれも間違わなかったというわけだ。

雄太が波と戯れ、早紀子はそれを見守っている。おれはホームセンターで買ってきたスコップを肩に担いで浩次郎を埋めてやる場所を探した。

砂浜から少し陸地に行ったところに、雑草が生い茂り、黄色い花が咲いている場所があった。花の名前はわからないが、ここなら浩次郎も気に入るだろう。

土を掘る。黙々と掘る。

手を休めたりしたら、余計なことを考えて泣き出してしまいそうだった。

汗でシャツが身体に張りついた。それでも掘り続けた。汗が目に入った。かまわず掘り続けた。スコップを持つ手が滑る。握り直して掘り続ける。

気がつくと、すぐそばに早紀子と雄太が立っていた。

「どうした」

おれはやっと掘るのをやめた。浩次郎を埋めるための穴は、まだおれの膝ぐらいの深さしかない。

「手伝う。雄太も手伝うって」

「まだ遊んでていいんだぞ」

「雄太もコージローが好きだったんだよね？」

雄太がうなずいた。

「ぼくも掘る」

おれはスコップを早紀子に押しつけて背中を向けた。目頭が熱くなり、鼻の奥がつんとする。唇をきつく嚙んで涙をこらえた。

早紀子がスコップで土を掘る音が聞こえてくる。

浩次郎、言っただろう。おれの家族はおまえの家族だ。早紀子も雄太も、進んでおまえの墓を掘ってくれてるんだぞ。よかったな。死ぬのは嫌だったろうが、それでもよかったな。おれの家族はおまえの家族。おまえの家族はおれの家族だ。おれはなにがなんでも早紀子と雄太を守るからな。

なんとか涙を抑えこむことができた。ゆっくり振り返る。早紀子が慣れない手つきでスコップを使っていた。雄太が素手で墓穴の周りの土をどけていた。

せっかく抑えこんだ涙がいきなり溢れ出した。もう止めようとしても無理だ。おれは肩を震わせながら泣いた。

「パパが泣いてる」

雄太が手を止めた。

「ほんとだ」

早紀子は掘り続けている。

「どうしたの、パパ？」

「大好きなコージローが死んで、悲しいの。そっとしておいてあげなさい」

早紀子が言った。

「男の子は泣いちゃだめなんだって」

雄太が唇を尖らせた。

「心の底から悲しいときは、男の子も泣いていいんだよ」

早紀子の声は優しかった。子守歌をうたう時のように声が丸みを帯びている。

だが、早紀子は間違っている。おれが泣いているのは悲しいからじゃない。嬉しいからだ。そんなものは存在しないと頭から決めてかかっていたものが目の前にある。おれには無縁だと思い込んでいたものが今、おれの手の中にある。

「早紀子」

おれは早紀子を抱きしめた。

「雄太」

雄太を手招きした。雄太がきょとんとした顔をして伸ばしたおれの手を掴んだ。

おれは早紀子の髪の毛の中に鼻面を突っ込んで泣き続けた。

＊＊＊

日が沈んだ。海は相変わらず穏やかで、海面に映りこんだ星々が静かに揺れている。

「ママ、あの星取って」

雄太が早紀子を相手に無茶を言っていた。いつの間にか、ママと呼ぶようになっている。取ってくれと言っているのは海に映る星だ。

おれは浩次郎をそっと墓穴の底に横たえた。浩次郎はすっかり血の気を失っていた。鼻の穴や口から異臭のする体液が出ていた。早紀子からもらったウェットティッシュを大量に使って浩次郎の顔を綺麗にしてやった。

「お祈りしなきゃ」

早紀子が言った。雄太の手を取り、浩次郎を覗きこんでいる。

「お祈り？」

「お葬式の時はそういうもんでしょう？　仏教ならお坊さんがお経唱えてくれるし、キリスト教なら神父さんがお祈りしてくれる」

「おれは坊主でも神父でもねえぞ」

「コージローのためだよ」

そう言われるとうなずくしかなかった。

おれは墓穴の縁に立って両手を組んだ。早紀子も両手を組み、雄太がおれと早紀子の真似をした。

「なんて祈ればいいんだ？　お祈りなんか知らねえぞ」

「なんでもいいのよ。ケンイチの心に浮かんだことを言ってあげればいいの」

早紀子の言葉は確信に満ちていた。きっと、津波で死んだ家族や知り合いのために同じようなことをしてやったのだろう。あの直後は、坊主や神父に葬儀をやってもらうことなどできなかったはずだ。

おれは目を閉じた。頭に浮かんできたことをそのまま口にした。

「いつか、おれも逝くからよ。寂しいだろうけど、それまで待ってろや」

それだけだ。頭にはもうなにも浮かんでこなかった。おそるおそる目を開ける。早紀子が微笑んでいた。

「いいお祈りだと思う」

「マジかよ？　からかってんじゃねえだろうな？」

「マジだよ。さ、埋めてあげよう」

おれはうなずいた。コンビニで買ってきた袋菓子を浩次郎の周りに並べてやる。浩次郎は袋菓子が好きだった。空腹でひもじい思いをしていても、弁当ではなく袋菓子を買って食っていた男だ。

「コージロー、ポテチが好きだったんだ」

早紀子が言った。

「一番好きだったのはカレー味のカールだ」

「ガキだね」

「ガキだったな。それから、これ」

おれは別のレジ袋を早紀子に見せた。中にはエロ本が入っている。

いだろう?」

「ほんとにガキだったんだね」

「マジでガキだったんだ。悪い。雄太を向こうに連れてってくれ。これ、見せたくな
いだろう?」

早紀子が雄太を砂浜の方へ連れていった。おれは巨乳AV女優のヌードのページを開いた。浩次郎はおっぱいが好きだった。顔が不細工でもおっぱいがでかけりゃそれでいいという男だった。買ってきたエロ本を全部広げてやる。巨乳のオンパレードだ。ここまでしてやれば、浩次郎も満足だろう。

地面に突き立てていたスコップに手をかけた。土を穴に戻していく。

「あばよ、浩次郎。生まれ変わってもつるんで歩こうぜ」

浩次郎が笑ったように見えた。

25

仙台市内にマンションを借りた。保証人がどうのこうのとぐだぐだ言う不動産屋の目の前に保証金だと百万円の札束を叩きつけてやると、その日の内に契約を交わすことができた。

家具の量販店で必要最低限のものを買い込み、おれと早紀子たちの新居はそれで見てくれが整った。

いわゆる二LDKの間取りで家賃は月十万。早紀子は満足そうだったが、おれはそうじゃなかった。おれたちが暮らすべきなのはこんなちんけなマンションじゃない。ノーマンズランド。だれもいないあそこに家を建て、新しい生活を築くのだ。

おれは本屋に行った。棚を眺めてもなにもわからないので店員を摑まえた。

自力で家を建てるための参考書が欲しい。

店員は目を丸くしたが、いろいろ調べてくれた。その結果わかったのは、すべてを自分でやろうとすると計算やらなにやら、おれが考えていたより百倍は難しいということだ。

困り果てていると、店員がこういうのもあるらしいと、とある雑誌を開いて見せてくれた。

ログハウスキット。これならおれにもなんとかなりそうだった。基礎は残っているんだから、キットを買って、基礎の上で組み立てればいいのだ。

おれはその雑誌を買い、ログハウスキットを取り扱っている仙台の業者に電話をかけた。

いろいろと話したが、結局、現地で基礎を見てから話を進めようということになった。おれは早紀子の家の建坪すら知らなかったのだ。

家電量販店でテレビを買ってマンションに戻った。早紀子に頼まれていたのだ。できるだけでかいのを買おうと思っていたが、間取りとのバランスを考えて中型のものにした。それを部屋に運び、セッティングする。こういうのはおれの得意分野だ。テレビはすぐに見られるようになった。

雄太がテレビの前に陣取ってリモコンでチャンネルを替えていく。それだけで楽しそうだった。あの家にいたときはろくにテレビも見せてもらえなかっただろう。

「早紀子、明日、名取に行くぞ」

おれは言った。早紀子はソファに寝転んでスマホと睨めっこしていた。

「ひとりで行ってきて」

取りつく島もない言い方だった。

「あそこに家を建てるのに、業者と現場を見るんだ」

「家はここでいい」

「早紀子――」

「あんなところに家を建ててどうするつもりよ。電気も水もガスも来ないのに」

「電気は発電機を買う。水は井戸を掘ればなんとかなるだろう」

「水なんか出ないよ」

「やってみなきゃわからねえだろう」

「ケンイチ」

「とにかくよ、おれはあそこに家を建てる。おまえの家だったんだろう。建てたばっかなのに、津波に流された。おれは――」

「ケンイチってば」

早紀子が身を起こしていた。吊り上がった目でスマホの画面を睨んでいる。あの虎の目に似ていた。

「どうした？」

「これ見て」

早紀子がスマホをおれの方に向けた。

新聞の記事みたいな文章が並んでいた。

『栃木県警《とちぎ》は、昨日佐野市の渡良瀬《わたらせ》川流域で見つかった身元不明の遺体は、一昨日から行方不明になっている栃木県栃木市の運送業、森田《もりた》恒夫《つねお》さん（55）だと断定した。森田さんの遺体には複数の打撲痕が見つかっており、県警は森田さんがなんらかの事件に巻き込まれたと見て捜査を進めている』

「この記事がどうした？」

「森田恒夫って、ヴォクシーの車検証に書いてある名前だよ」

ケツのあたりがむず痒《がゆ》くなった。

「マジか？」

そう言えば、車を取り替えた直後、早紀子は車検証を何度も眺めていた。

「あいつらに殺されたんだよね？　わたしたちの居場所を聞き出そうとして拷問されたんじゃない？」

その可能性は大いにあった。連中はプリウスを見つけたのだ。だが、プリウスを転がしていたのはおれじゃなかった。

「車、早く処分しないとまずいよ、ケンイチ」

「そうだな……」

おやじ——森田の冴えない顔が脳裏にちらつく。早紀子の言う通り、連中は森田を痛めつけたのだ。おれの居場所を吐かせるために。だが、森田はなにも知らない。佐野サービスエリアで法外な金と自分の車を取り替えた。連中が聞きだせたのはそれだけだ。

佐野と日光。連中が知っているおれの足取りはそれだけだ。仙台に、名取に連中がやって来るとは思えない。だが、用心するに越したことはない。

「おまえの言う通り、車は処分しなくちゃならねえ。だけど、代わりの車を手に入れねえと……」

車がなければ身動きが取れない。しかし、正規に車を買うとなると面倒くさい手続きが必要になってくる。

「わたしの知り合いが中古車屋やってる。頼んでみようか。なかなか買い手のつかない車なら、手続きしなくても貸してくれるかも」

早紀子は飲み込みが早い。

「そいつ、仙台にいるのか？」

「うん。震災の後は、中古車が売れまくってかなり稼いだみたいだけど、今は全然動かないって嘆いてたから、きっとだいじょうぶだと思う」

「連絡してみてくれ」

「わかった」

早紀子は隣の部屋に移動していった。考えるのが面倒になって、おれは雄太に顔を向けた。雄太はテレビに見入っている。画面に映っているのはアニメだった。

「雄太、面白いか？」

「うん」

返事はするものの上の空だった。おれは雄太の横に胡座《あぐら》をかいた。雄太を抱き上げ、膝の上に乗せる。

「雄太、おれと約束だ」

「なに？」

「テレビを見るのは自由だ。だけど、おれやママがテレビを消せと言ったら必ず消す」

「うん」

「それから、飯食ってるときもテレビは消す」

「うん」

昔、近所のガキに聞いたことがある。飯時《めしどき》にテレビをつけていたら母親や父親に叱られる。おれにはそんな経験はなかった。自分にはなかったものを雄太には与えてやりたい。

「約束をきちんと守れたら、ゲーム機を買ってやる」

「ゲーム？」

雄太が振り返った。

「すげえ面白いんだぞ」

「欲しい」

「約束を守ったらな。そしたら買ってやる」

「ぼく、絶対に約束守るよ」

早紀子が隣の部屋から戻ってきた。

「フィットって車。もう十五万キロ走ってて、色もピンクで全然売れないんだって。それでかまわないなら好きなときに使っていいって」

ピンクのフィットを自分が転がしている姿を想像した。頭が痛くなってきた。

「他にねえのかよ？　金は出すから、手続きなしで車よこせって」

「真面目に働いてる人なんだよ。迷惑かけられない」

早紀子は真剣な目をおれに向けた。きっと、森田のことが頭から離れないのだ。なにも知らないのに、殴られ、殺された。

「わかった。明日、車取りに行こう。ヴォクシーで行って、おまえがフィット運転して、ヴォクシーをどこかに乗り捨てる。で、そのまま名取に直行だ」

「行きたくないよ」

「行こうぜ、な？」

「ママ、行こうよ」

雄太がおれに加勢する。

「雄太はどうして行きたいの？」

「また海で遊ぶんだ」

雄太が叫ぶように言った。早紀子が首を振った。負けを認めたのだ。

「ほんとに仲がいいね。雄太、ケンイチのこと好き？」

「パパ、大好き」

おれは雄太を抱きしめ、鼻を髪の毛に押し当てた。雄太は汗臭かったがなにも気にならなかった。

＊　＊　＊

ショッキングピンクのフィットなんて見たことも聞いたこともなかった。頭のいかれた女が乗り回していたんだろう。

こんな車を転がしているところをだれかに見られるのは嫌だ。いや、それ以前に目立ってしょうがない。だが、背に腹は代えられなかった。

「ピンクって言ったよな？」

　おれは早紀子に言った。

「ピンクって聞いたの。わたしも普通のピンクだと思ってた」

「これはな、ショッキングピンクって色だ」

「わかってるよ」

　早紀子も不機嫌だった。当たり前だ。だれが好きこのんでこんな車に乗りたがる。大通りを避けて名取に向かった。失敗だった。交通量の少ない道を走れば走るほど、田舎に向かえば向かうほどショッキングピンクのフィットは目立った。だれもが目を丸くしてこの車を見つめる。おれは無免許で犯罪者だ。こんな車を転がすべきではない。

　なのに、すれ違ったパトカーに乗っていたおまわりが、フィットを指差して笑っていた。車を停めようとはしない。ただ、あんな車に乗っている馬鹿はなんだという顔で笑うだけだ。

　くそったれ。

　ヴォクシーが懐かしくてしかたなかった。

　海岸で車を停め、そこから早紀子の家まで歩いた。業者にあんな車を見られたら足もとを見られるに違いない。早紀子と雄太は海岸に残った。早紀子は相変わらず家を建て替えることに反対なのだ。

だが、早紀子はおれを止められないこともわかっている。だから家に関してはなにも言わず、雄太と遊びながら浩次郎の墓を見守るとだけおれに告げた。浩次郎を持ち出せばおれがなにも言えないこともわかっているのだ。

くそったれ。

業者はすでに到着していた。基礎を見て回り、持参したカタログを開いて説明をはじめる。

「しかし、本当にここに建てるんですか?」

しばらくすると業者はそう言った。

「本気じゃ悪いか?」

「しかし、ライフラインが来てないんですよ。いつ来るかもわからないし……」

「だれかが住みはじめりゃ、国とか県とか市だとかも考えるんじゃねえのか? 復興が早く進んだりしてよ。だれもいねえから放っとかれてんだよ、この辺りは」

「それは言えてるかもしれませんね。だれも住んでなきゃ後回しにされますよ」

「だろ? な、そうだよな」

おれは業者の肩をばちんと叩いた。業者は顔をしかめたが、すぐに愛想笑《あいそ》いを浮かべた。

　頭の中に世界が広がっていく。おれと早紀子と雄太が家を建て、ここに暮らす。早紀子がおれのガキを生んで家族が増え、やがて、他の家族もここへ戻ってくる。復興が進み、電気もガスも水道も元通りになって、通りにはガキどもの笑い声が溢れ、家々からは夕飯の香りが漂ってくる。おれや浩次郎みたいなガキはいない。当たり前だ。みんな、幸せになるためにここに戻ってくるのだ。

　海岸に目をやる。豆粒みたいな雄太が砂浜を駆けている。早紀子がその後を追っている。幸せな町への、おれや浩次郎みたいなガキが生まれることのない世界への第一歩がそこにあるような気がした。

「とはいえ、電気やガスは他のもので代用するにしても、水道が来ないことには住めませんよ」

　業者がおれの幸福な想像に水を差した。

「なんだと？」

　おれは反射的に業者を睨みつけた。よっぽど険《けわ》しい目つきだったんだろう。業者は後ろに二歩下がった。

「怒らないでくださいよ。水がないと生活できませんから」

「井戸掘りゃいいだろう。井戸」

「それは掘れば水は出てくると思いますよ。でも、飲料に適した水かどうかは調べなきゃわからないですし……」

「調べろよ。金は出すから」

「でも、飲めない水だったらどうするんですか？」

「そん時はそん時だ。とにかく調べろ」

「井戸を掘る場合ですね、掘る深さによって値段が違ってくるんですが」

「水が出るまで掘れ」

「わかりました。それじゃ、とりあえず、ログハウスキットと井戸掘りの値段、見積もり出しますんで」

「急げよ」

「明日中にはなんとか」

業者は後ろ向きに歩きながら自分の車に向かった。背中を向けたらおれに襲われるんじゃないかと思っているみたいだった。それぐらい怖い顔で睨んでしまったのだろう。

業者が立ち去ると、おれはまわれ右して海岸へ戻った。早紀子と雄太の姿が見えない。

急に不安に襲われて、おれは走り出した。今までのことは全部夢だった——そんな思いにとらわれる。おれや浩次郎みたいな人間が幸せになれるはずはないのだ。

走って走って走った。砂浜がどんどん近づいてくる。なのに早紀子たちの姿は見えない。心臓が早鐘を打った。喉が渇いてしかたがなかった。

大切なものを手に入れるということは、それを失うのがなによりも恐ろしいということなのだ。それがわかった。

とにかく、恐ろしくてしかたがなかった。

早紀子と雄太は浩次郎の墓の前にいた。墓といっても、例の花と、埋めた土の色が周りと違ってそれだとわかるだけだ。

荒い息でふたりに近寄った。早紀子が振り返った。

「雄太がコージローとお話ししたいって。どうしたの？　そんな怖い顔して」

早紀子の言葉に雄太も振り返った。雄太はおれを見て顔を歪めた。今にも泣き出しそうだった。

「なんでもねえ」

おれは慌ててふたりから顔を背けた。まだ心臓がばくばく言っている。それぐらい怖かった。

「雄太、そろそろ帰るぞ。どこか行きたいとこあるか?」

「遊園地」

雄太が言った。昨日見ていたテレビの番組で、どこかのテーマパークの特集をやっていた。それを見て以来、雄太は遊園地という言葉を連発していた。

「近くに遊園地なんてあるのかよ?」

おれは早紀子に訊いた。

「仙台ハイランド遊園地っていうのがあったと思う」

「場所は?」

「ちょっと待って」

早紀子はスマホを取り出して操作した。すぐに画面をおれの方に向けた。

「ここ」

ハイランド遊園地付近の地図が表示されている。なるほど、スマホは便利だ。いずれ、おれも買い換えるべきかもしれない。

「よし、雄太。遊園地に行こう」

「ほんと?」

「おれが雄太に嘘ついたことあるか?」

雄太は首を横に振った。ぶんぶんという音が聞こえそうなぐらい勢いがよかった。

「じゃあ、行くぞ」

「うん」

飛びついてきた雄太を抱きかかえて車に顔を向けた。ショッキングピンクのボディが目に飛び込んできて気分が萎《な》えた。

「車の色も塗り替えなきゃな」

早紀子がうなずいた。

「この車に乗るぐらいなら歩いた方がいい」

「だよな」

おれと早紀子は同時に溜息を漏らして車に乗り込んだ。

＊　＊　＊

雄太は大はしゃぎだった。アトラクションに乗っては歓声を上げ、それが終わると次のアトラクションを目指す。一番のお気に入りは小さな子供でも乗れる電動のカートだった。何度も何度も飽きることなく乗り続け、しまいには早紀子に怒られた。

だからといってめげる雄太ではなかった。ハイランド遊園地は思いの外広く、遊ぶものにも事欠かなかった。

「あれに乗りたい」

雄太が指差したのはジェットコースターだった。おれは早紀子を見た。早紀子はその前からおれを見ていた。

「おれ、パス。あの手のはだめなんだ」

おれは言った。怖いもの知らずのおれだが、絶叫マシーンだけは話が別だ。昔、不良仲間とつるんで富士急《ふじきゅう》ハイランドに行ったことがある。無理矢理ジェットコースターに乗せられて小便を漏らしそうになった。おれはジェットコースターを降りると、ふらつく足取りで遊園地を出た。追いかけてきた仲間をぼこぼこにした。浩次郎のことだって容赦しなかった。だれかが警察に通報して、その夜は留置場で過ごした。それ以来、だれもおれを遊園地に誘わなかったし、おれも行こうとは思わなかった。

本当なら今日だって来たくはなかった。だが、雄太が行きたがったのだ。そしてその直前、おれは早紀子と雄太を失う恐怖に怯えていた。

「わたしもだめ。死んじゃう」

早紀子が言った。

「おまえ、母親だろう」

おれがそう言った瞬間、早紀子の目つきが変わった。

「なるほど。雄太はケンイチの子供じゃないから、いざというときはわたしに押しつけるんだ」

「そうじゃねえよ。でも、おれ、だめなんだ」

「いいよ、だめなものはしょうがないんだから」

早紀子の目つきがゆるむ。おれは深呼吸を繰り返した。

「雄太、あれはだめ。小さい子はまだ乗れないんだって。もっと大きくなったら乗りに来よう」

「あれに乗る」

雄太は仁王立ちしてジェットコースターを指差している。おれは深呼吸を繰り返す。

「雄太、我《わ》が儘《まま》はいけないよ」

「だって、どうしても乗りたいんだもん」

「よし、おれと乗ろう、雄太」

おれは言った。たったそれだけを吐き出すのに、ありったけの勇気をかき集めなきゃならなかった。

「ほんと？」

雄太の顔が輝いた。勇気を振り絞った甲斐《かい》があった。

「無理しなくていいんだよ、ケンイチ」

「おれはあいつの父親になるんだぞ。こんなことでビビってられるか」

おれは雄太の手を引いて、ジェットコースターの受付に向かった。雄太の手を握るおれの手は汗でびっしょり濡れていた。

並んでいる客はほとんどいなかった。ジェットコースターがやって来て座らされる。係員が安全装置をチェックして離れていく。

ジェットコースターが動き出した。まだそんなに加速しているわけでもないのに口から心臓が飛び出しそうだった。コースターがレールの上を登っていく。おれは両手をきつく握った。

いきなり加速した。背中がシートに押しつけられる。唇を嚙んだ。風圧を避けるために顔を背けた。

真横で雄太が叫んでいる。

「すっげー!!!」

雄太の目はらんらんと輝いていた。小さな身体全体で楽しいと訴えていた。そんな雄太を見ていると、恐怖心が薄れていった。

雄太のためだったらなんでもできる。雄太の喜ぶことはなんだってしてやれる。

おれは目を開け、叫んだ。

「すっげー!!!!」

雄太がおれを見て笑った。

26

業者は次の日、見積もりを出してきた。数字が並んだメールがおれの携帯に送られてきたのだ。

一千万と少々。思っていたより高い。井戸を掘るためのボーリングに金がかかっている。

おれは業者に電話をかけた。

「井戸からすぐに水が出りゃ、ボーリングの金はもっと安くなるんだよな?」

「はい。高めに見積もってますが、安い場合は三分の一の値段で済むかと」

「わかった。これで進めてくれ」

「失礼ですが、代金の方は……」

「今日中に半額持っていくよ。それでいいだろう？」

「持っていくとおっしゃいますと？」

「現金で払う」

業者が沈黙した。

「現金じゃ受け取れねえってのか？」

「いえ、そんなことはございません。ただ、ちょっとびっくりしたもので」

「いつから掘ってくれる？」

「明後日にははじめられます。現金でお支払いですから」

「じゃあ、よろしく頼むわ」

電話を切る。うなじの辺りに強い視線を感じて振り返った。早紀子が腕を組んでおれを睨んでいた。

「いくらかかるの？」

「一千万」

「やめようよ。今ならまだ間に合う。わたしたちが住むところならここにあるじゃない」

「あそこじゃなきゃだめなんだ」

「なにをそんなにこだわってるの？　生まれ故郷でもないのに」

「おまえの故郷だろう」

「あそこはいやなの。津波のことをどうしても思い出しちゃう」

早紀子の言っていることはよくわかった。だがそれでも、おれはあの場所で、ノーマンズランドで新しい生活をはじめたかった。まっさらの土地からはじまるまっさらな暮らし。おれたちの笑い声が人を呼び集め、幸せな町ができる。

おれや浩次郎のような人間が生まれない世界——おれは心の底からそれを望んでいた。

「他のことはなんでもおまえの言うことを聞く。おまえと雄太を幸せにするためならなんでもする。だから、これだけはおれのやりたいようにやらせてくれ」

「理由を教えて」

おれは首を振った。言って馬鹿にされるのが怖かった。おれの他愛もない夢を早紀子が笑ったら、おれは早紀子をぶちのめしてしまうかもしれない。

「一緒に暮らす家を建てるのに、勝手に場所を決められて、理由も教えてもらえない。そんなの家族って言える?」

「頼む、早紀子」おれは膝をついた。「どうしてもあそこじゃなきゃだめなんだ」

頭を下げる。土下座をするのは生まれて初めてだった。

「やめてよ、ケンイチ」

「おまえがあそこを嫌がるのもわかってるんだ。それでも、おれはあそこに家を建てたい。おれの我が儘、ゆるしてくれ。頼む」

「わかったから、頭を上げて」

おれは頭を上げた。早紀子はまだ怒っている。だが、あそこに家を建てることはゆるしてくれるらしい。

「いいのか?」

「どうせどれだけ反対しても耳を貸してはくれないんでしょ」

「このことだけだ」

「わかったから、ケンイチの好きにしていいよ」

「ありがとう、早紀子」

おれは腰を上げ、早紀子を抱きしめた。

「ちょっと、雄太が見てるでしょ」

早紀子の言葉に、おれははっとした。テレビを見ていたはずの雄太がおれたちをじっと見つめている。

「おれとママが仲良しだと、雄太も嬉しいだろう？」

雄太はうなずき、またテレビを見はじめた。

「業者のところに行く前にシャワー浴びるわ。悪いけどよ、リュックから五百万出しておいてくれるか？」

「いいよ」

早紀子はまだ不機嫌だった。おれは逃げるように浴室に駆け込んだ。

＊　＊　＊

雄太がまた遊園地に行きたいと言い出した。早紀子はいい顔をしなかったが、おれは雄太を連れて外に出た。雄太の喜ぶ顔が見たかったからだ。

業者に金を渡し、その足でまたハイランド遊園地へ行った。雄太にせがまれるままジェットコースターに乗り、小便をちびりそうになりながら無理矢理笑った。園内のレストランで一緒に昼飯を食い、夕方まで目一杯遊んでから帰途についた。

途中、ホームセンターに寄って工具のセットを手に入れた。ログハウスキットを組み立てるために必要だと業者に言われていたのだ。

部屋に入ると味噌の香りがした。早紀子が台所に立っている。

「飯作ってんのかよ?」

「毎日外食っていうのも、雄太にはよくないでしょ」

おれはＩＨヒーターの上に載っている鍋を覗きこんだ。豆腐とわかめの味噌汁だった。早紀子はまな板でキャベツを千切りにしている。バットに所々に切れ目を入れた豚ロースの薄切り肉が並び、ステンレスの小さなボウルにタレらしきものが入っている。

「生姜《しょうが》焼きか」

「嫌い?」

おれは首を振った。顔が熱い。猛烈に感動していた。

台所用品を一緒に買いに行ったのに、早紀子の手料理が食えるなんて考えたこともなかった。おれは家庭的という言葉にまつわるありとあらゆることと無縁に生きてきた。だから、食器や包丁と早紀子の手料理を結びつけることができなかったのだ。

「ケンイチ、雄太と手を洗ってきて」

「はい」

我ながら間抜けな返答だった。だが、素直な返答でもあった。雄太を連れてバスルームへ行った。腹がぐうぐう鳴っている。早紀子の料理を一秒でも早く口に入れたい。

「雄太、自分で手も洗えないのか？」

「洗えるよ。でも、届かない」

確かに雄太の背では背伸びしても洗面台には届かない。おれは雄太の腰を両手で掴み、持ち上げてやった。

「これでどうだ？」

雄太は嬉しそうに笑いながら蛇口をひねり、流水に手をさらした。

「それで終わりか？　ちゃんと石鹸《せっけん》使わないと綺麗にならないぞ」

人のことを言えた義理じゃない。だが、おれは雄太の父親なのだ。ハンドソープの容器の使い方と、手の洗い方を教えてやる。雄太は真剣な顔でおれの言葉を聞いていた。

台所で肉を炒《いた》める音が響いた。おれは生唾を飲みこんだ。

乾いたタオルで雄太の手を念入りに拭き、バスルームを出ようとした。

「パパ、手洗ってないよ」

雄太に指摘され、顔をしかめる。洗面台に向き直って手を洗った。

「これでいいか？」

綺麗になった手を雄太に見せた。

「うん」

「じゃあ、ママの作った飯を食べよう」

テーブルに食器が並んでいた。野菜をかたどった箸置き。漬け物の載った小皿。味噌汁の椀に夫婦茶碗《めおとぢゃわん》。箸もおれと早紀子のはおそろいで、雄太はアニメのイラスト付きのフォークだ。

「ケンイチ、味噌汁よそってくれる？」

「はい」

おれはまた間の抜けた返事をした。椀に味噌汁をよそい、それぞれの席に運んでいく。早紀子は肉の焼けたフライパンに生姜焼きのタレを注いでいた。

「飯は？」

「それもお願い」

雄太の小さな茶碗と夫婦茶碗にご飯をよそう。ただの白米ではなく雑穀入りだった。

　早紀子がキャベツの千切りと生姜焼きを盛りつけた皿を運んでくる。おれはそれを受け取り、テーブルに置く。まずは雄太、ついで早紀子の席に。おれは最後でいい。早紀子が雄太を座らせ、自分も席に着くのを待ってから、おれも腰を下ろした。

「美味しそう」

　雄太がフォークを手に取った。

「待て、雄太」おれは雄太を制した。「いただきますを言ってからだ」

　雄太の目を見ながら両手を合わせた。雄太もフォークを置き、おれの真似をする。早紀子も手を合わせた。

「いただきます」

　おれが言い、早紀子と雄太がそれに続いた。

　味噌汁を啜った。しょっぱかった。でも、うまかった。生姜焼きを頬張った。これもしょっぱかった。でも、うまかった。しょっぱさを消すために口いっぱいに飯を押し込んだ。

「うまい」

　おれは言った。早紀子が泣きそうな目でおれを見た。

「ごめん。醬油《しょうゆ》の分量間違えた」

「そんなことはない。うまい。もの凄くうまい。な、雄太？」

雄太は顔をしかめながら生姜焼きを噛んでいた。

「ちょっと待ってろ」

おれは席を立って冷蔵庫を開けた。野菜室にレモンが転がっていた。それを半分に切ってテーブルに戻る。早紀子と雄太の生姜焼きにレモン汁をぶっかけてやった。

「これでいいんじゃないか？」

「ケンイチはかけないの？」

「だって、レモン汁かけなくてもうまい」

「ケンイチ、優しいね」

「そうじゃねえ」

おれは言った。早紀子の目をまっすぐに見つめた。

「本当にうまいんだ。早紀子が雄太とおれのために作ってくれたんだから、うまいに決まってる」

「明日はもっと美味しいの作るから」

「気張らなくていい。早紀子がおれたちのために作ってくれる料理なら、なんだってうまいんだ」

　おれは味噌汁を飲み、生姜焼きを口に放り込んだ。確かにしょっぱい。だが、うまいことも間違いなかった。

＊＊＊

　ソファに寝転がってテレビを見ていると、子守歌が途絶えた。すぐに早紀子が寝室から出てきた。雄太は眠ったらしい。

　早紀子はなにも言わずにおれに抱きついてきた。おれの顔にキスの雨を降らせ、最後に唇に吸いついてきた。おれの口の中で早紀子の舌が躍った。おれの手を取って、自分の胸に押しつける。

　こんなに積極的な早紀子は初めてだった。

「触って」

　おれは早紀子の胸を揉んだ。

「そうじゃないの。あそこを触って。びしょびしょになってる」

　早紀子のスエットを脱がし、ショーツの間から手を滑り込ませた。早紀子の言った通りだった。早紀子のあそこはびしょ濡れで、ショーツに染みができていた。

「入れて。すぐに入れて」

呪文のように呟きながら、早紀子はおれのジーンズを脱がせにかかった。腰を浮かせて協力してやる。早紀子はブリーフから勃起したちんこを引っ張り出すと、すぐにしゃぶった。相変わらずのテクニックだった。快感の塊がちんこと尻の間で膨らんでいく。

「だめ。まだいかないで」

早紀子はしゃぶるのをやめるとおれにまたがった。自分でショーツをずらし、腰を沈める。おれは根元まで早紀子に飲みこまれた。

「ああ……」

早紀子はおれにしがみつき、おれの肩に嚙みついた。快感に耐えているのか、雄太に声を聞かれまいとしているのか。どっちにしろ、早紀子の嚙み方は容赦なく、おれの肩はじんじんと痛んだ。

早紀子は自分で腰を使った。早紀子が腰を動かすたびにねちゃねちゃと音がした。

突然、腰の動きが止まった。早紀子の全身が強張り、痙攣している。おれのちんこもきつく締めつけられていた。

いったのだ。

早紀子の痙攣はしばらく収まらなかった。おれはそっと早紀子を抱きしめた。痙攣はやがて収まったが、早紀子は震えていた。

「どうした、早紀子？」

早紀子の顔をおれの方に向けさせる。早紀子は泣いていた。

「ケンイチ、大好き」

早紀子はそう言って、またおれにキスしてきた。舌を絡ませ、お互いの唾液を啜り合う。おれは早紀子の腰を抱いて引き寄せた。早紀子がのけぞった。

「動いちゃいや。またいっちゃう」

「おれは動いてないぞ」

早紀子が恨めしそうな目でおれを見る。だが、それはすぐに悩ましげになっていく。おれと早紀子は深く繋がっている。それだけだ。おれも早紀子も動かない。なのに、早紀子の顔は赤らみ、息が荒くなり、太股がひくひくと痙攣している。その痙攣はすぐに全身に広がった。早紀子はまたおれにしがみつき、肩を嚙み、絶頂を迎えた。

繋がったまま。ただそれだけで早紀子はいったのだ。

「早紀子、すげえな……」

「ケンイチが入ってるから。ケンイチのおちんちん、気持ちいいの」

「おれも、早紀子のおまんこ、気持ちがいい」

おれは言った。おれも早紀子も本当のことを言っていた。だから、お互いの気持ちがすぐに伝わるのだ。

おれは早紀子のスエットをまくり上げた。ブラを外し、乳首に吸いついた。

このまま死んでもいいと思った。ちんこはぎんぎんに熱く、硬いのに、頭は雲の上に浮かんでいるみたいにふわふわしていた。口に含んだ乳首はガキの頃のおれがなによりも欲しかったものだった。

早紀子がまた痙攣しはじめた。

早紀子が可愛かった。食べてしまいたいほど可愛かった。きっと、早紀子もおれのことをそう思っている。

おれと早紀子はソファの上で繋がったまま、飽きることなくお互いを貪った。

27

機械が大きな音を立てて地面を掘っている。おれはその横でログハウスキットの梱《こん》包《ぽう》をばらした。想像していたのよりはコンパクトだが、素人が組み立てるにはでかい。しばらく途方に暮れていたが、てめえひとりでやると啖呵《たんか》を切った以上、逃げるわけにはいかなかった。

汗を掻きながら四苦八苦しているとあっという間に時間が過ぎていく。気がつけば、昼飯時が近づいていた。おれはキットにブルーシートをかけ、ショッキングピンクのフィットで仙台へ向かった。早紀子が昼飯を用意して待っている。今日のランチは冷やし中華だと言っていた。

途中、大型のカー用品店に立ち寄ってボディの塗装を眺めた。ペンキを落として塗り直すという作業はできそうにない。ならば、ショッキングピンクの上からなにかの色を塗ることになる。ショッキングピンクに勝てそうな色といったら黒しか見当たらなかった。結局、ペンキとスプレーガンを買って店を出た。いつ塗り直せるかはわからないが、準備しておくにこしたことはない。

雄太は昼寝の最中だった。早紀子はおれの手を取って洗面所に移動し、自分でショーツを脱いだ。スカートをまくりあげ、洗面台に手をついておれに尻を突き出した。

おれのちんこはぎんぎんだった。好きな女が相手だとこうも違うのかと思うほどだ。

「来て」

早紀子が言った。おれはジーンズとトランクスを脱ぎ捨て、後ろから早紀子を貫いた。早紀子は濡れていた。おれの帰りを待つ間、ずっとやることを考えていたらしい。

おれは最初から全力で飛ばした。おれたちに前戯はいらなかった。ちんことまんこがすべてだ。繋がれば、それが快感と幸福を生む。

早紀子は右手で口を塞いでいる。それでも艶《なま》めかしい声が漏れてくる。おれが突くたびに早紀子の顔が紅潮していく。

おれたちは同時に果てた。おれが射精すると同時に早紀子のおまんこがひくつく。

繋がったまましばらく余韻に浸った。

「一緒にシャワー浴びよう。わたしがケンイチの身体洗ってあげる」

早紀子が言い、おれたちは浴室へ移動した。早紀子はまず、自分の股間を丹念にシャワーで流した。おまんこから逆流してきたおれの精液が水圧で流されていく。おれはその様子をバスタブの縁に腰掛けて漫然と眺めていた。

「こっちに来て」

早紀子に促され、立ち上がる。早紀子がおれの身体をくまなく洗ってくれる。泡にまみれたスポンジがおれの皮膚を優しく撫でていく。早紀子が母親で、おれは赤ん坊だ。早紀子に身を任せるのが心地よくてしかたなかった。

「あ、いけない」

早紀子が突然、手をとめた。

「どうした？」

「気持ちよすぎて、お昼ご飯のことすっかり忘れてた。急いで支度するから、ゆっくり出てきて」

シャワーノズルをおれに押しつけ、早紀子は慌てて浴室から出て行った。なんだか、親に捨てられたような気分になって、おれはだらだらとシャワーを浴びた。

脱衣所の方から携帯の着信音が聞こえてきた。

「ケンイチ、電話だよ」

早紀子の声がした。

「だれからだ？」

「ログハウスの業者さんみたい」

「代わりに出てくれ。簡単な用件なら聞いておけ。そうじゃねえなら、後でかけ直すって」

「わかった」

早紀子の気配が遠ざかり、着信音が途絶えた。

おれは頭にシャンプーを振りかけ、乱暴に泡立てた。

シャワーを終えると、昼飯の支度ができていた。豚肉と野菜の炒め物、豆腐とわかめの味噌汁、昨日の残り物の煮物がテーブルに並んでいる。

「冷やし中華作る時間がなかったから、余りものと簡単に作れるものになっちゃった」

テーブルを見つめるおれに早紀子が言った。

「お腹減った」

雄太はすでに席に着き、プラスチック製のフォークを握っていた。

「先に食わせてりゃよかったのに」

「ケンイチが来るまで待ちなさいって言ったの。ご飯は家族揃って食べるのが一番美味しいんだから」

早紀子の言葉がおれの胸に銃弾のように穴を開ける。涙が溢れそうになるのをこらえて、おれは椅子に座った。早紀子が湯気を立てるご飯を茶碗によそい、おれと雄太の前に置いた。

「早く座れよ。食べようぜ」

「わたしはいらない」

「なに言ってるんだよ。家族揃って食べるのがいいんだろう?」

「でも、最近ちょっと太り気味だし……」

確かに、テーブルに並んでいるのはおれと雄太の分だけだった。

「全然太ってねえよ。おれ、ガリガリの女より、ちょっとむっちりの方が好きだし。

さ、座れよ。早紀子も食うんだ」

「わかった」

「ママ、早く。お腹減ったよ」

「ごめんね、雄太。もうちょっとだけ待ってて」

早紀子は自分の食事の用意をはじめた。待ちきれないのか、雄太がフォークの先っぽで煮物をつついた。

「雄太。ママはなんて言った」

「もうちょっとだけ待ってって」

「どうして待たないんだ」

雄太は頬を膨らませた。

「だって、お腹ぺこぺこなんだもん」

おれは雄太を睨んだ。雄太が目を伏せる。

「ごめんなさいは？」

「ごめんなさい」

反抗的な口調だったが、ゆるしてやることにした。

「お待たせ」

早紀子が席に着いた。ご飯もおかずの量も雄太より少ない。

「これで充分なの」

おれの視線に気づいた早紀子が言い訳するように言った。おれは肩をすくめた。

「じゃあ、食べようか、雄太。いただきます」

「いただきます」

早紀子と雄太が同時に口を開いた。雄太はテーブルの上にいろんなものを落としながら肉野菜炒めを口に運んだ。

「美味しい！」

「そうか。いっぱい食えよ」

おれも食べた。雄太の言った通りだ。肉野菜炒めが旨い。早紀子がおれと雄太のために心をこめて作ったからだろう。食卓に家族が揃っているからだろう。おれの人生で間違いなく一番旨い肉野菜炒めだ。

夢を見たことなどなかった。自分の将来を考えたこともなかった。ただ漠然と、浩次郎とつるみ続け、そのうちどこかでくたばるんだろうと思っていた。

浩次郎はその通りにくたばった。だが、おれは家族を手に入れた。早紀子と雄太がいてくれるだけで、干したばかりのふかふかで暖かい布団にくるまれているような気分になる。

浩次郎に申し訳ないという気持ちがある一方で、浩次郎とつるんでいたころにはあり得なかった幸せをおれは存分に味わっていた。

くたばるわけにはいかない。この幸せを手放すわけにはいかない。

浩次郎、自分勝手なのはわかっている。だが、頼む。おれたちを見守っていてくれ。

味噌汁を啜りながら、おれは浩次郎に祈った。

「雄太、ゆっくり食べなさい。こぼしてばっかりじゃない」

早紀子がタオルで雄太の口の周りを拭いている。真新しかった雄太の前掛けは染みだらけになっていた。

「そういや、さっきの電話はなんだって？」

おれは早紀子に訊いた。

「間違い電話。ログハウスの業者さん、違うクライアントに電話するつもりで間違ってケンイチの携帯にかけちゃったみたい」

「間抜けな野郎だな」

「雄太、明日も海に遊びに行こうか？」

早紀子が言うと、雄太の顔がほころんだ。

「行くっ！」

口からご飯粒が飛び出す。早紀子は苦笑しながらそのご飯粒を拾い上げた。

＊＊＊

夕方になって、早紀子が具合が悪いと言い出した。ベッドに横たわって布団を頭から被ったまま動かない。

「だいじょうぶか？」

「生理の前はいつもこうなの。寝てればそのうちおさまるから……悪いけど、晩ご飯、雄太とどこかで食べてきてくれる？」

「おれはかまわないけど、帰りになにか買ってこようか?」

「いらない」

早紀子はとうとう布団から顔を出さなかった。ゆっくり休ませてやりたかった。おれや雄太のことで煩《わずら》わせることなく眠らせてやりたかった。

「雄太、散歩に行こう」

おれは囁くように言った。

「うん」

雄太も小声でうなずいた。

おれたちは手を繋いで外に出た。近くの公園で遊んで、それから晩飯を食いに行けばいい。早紀子もそれで三、四時間は寝ていられる。

「パパ、あれ欲しい」

雄太が道路の向かい側を指差した。自転車屋があった。店先に子供用の補助輪がついた自転車が並んでいる。

「雄太にはまだ無理だろう。三輪車じゃだめか?」

「あれがいい」

雄太は足を止め、それ以上歩こうとしなかった。

「しょうがねえな」

おれは雄太を肩車して、道路を渡った。

「降りる」

自転車屋の前で雄太が暴れた。降ろしてやると、雄太はきらきらと輝く目で自転車を見つめた。

「乗れるのかよ？」

「乗れるようになる」

「でも、雄太にはでかすぎるぞ、これ」

「だいじょうぶだもん」

おれは店員を呼び、サドルの位置をできるだけ下げてもらった。雄太を抱え上げ、跨《また》がらせる。ペダルにやっと足が届くかどうかだった。

「やっぱり大きすぎるな」

おれが言うと、雄太の顔が歪んだ。

「これ、欲しいよお」

「ちゃんと乗れなくて、後でいらないって言い出すんだろう？」

「言わない」

「ちゃんと乗れるようになるよう、毎日練習するか？　ずっと大事にするか？」

「するっ！」

「これ、買ってく」おれは店員に言った。「あと、チェーンロックとこいつ用にメットが欲しいな」

「パパ、ほんと？」

おれはうなずいた。

「ありがとう、パパ」

雄太がおれの足に抱きついてきた。なるほど。これだから、世の親どもは自分のガキに甘くなるわけだ。

「しょうがねえなあ」

店員の手前、そう呟きはしたものの、雄太が愛おしくてしかたなかった。

＊　＊　＊

ヘルメットはぶかぶかだった。サドルに跨るとやっぱりペダルを漕《こ》ぐことができない。

ヘルメットの大きさなんてどうでもいいし、ペダルを漕ぐにはサドルに座る必要はない。いわゆる立ち漕ぎってやつをやればいいだけの話だ。

だから、おれは雄太に立ち漕ぎを教えてやった。

夕方の公園は人の数も少なかった。雄太には格好の練習場だ。

補助輪がついているから転びはしない。だが、雄太は何度もペダルを踏み外し、その度に泣き顔になったが涙は見せなかった。

泣くな、とおれが言ったからだ。

ずれたヘルメットを被りなおし、雄太はまた立ち漕ぎをはじめる。数メートル進んではペダルを踏み外し、泣くのをこらえ、またペダルに足をかける。

その繰り返しだ。

最初の頃よりはだいぶましになったが、それでもみっともなかった。だが、諦めずにペダルを踏み続ける雄太が誇らしい。

最初に立ち漕ぎのやり方を教えただけで、おれは一切手助けをしなかった。おれも、自分ひとりで自転車に乗れるようになったからだ。後ろで自転車を押さえてくれる父親はいなかった。頑張れと応援してくれる母親もいなかった。だから、ひとりで何度も転びながら、歯を食いしばって自転車を漕ぎ続けた。そして、補助輪のない自転車に乗れるようになったのだ。

どこかで五時の鐘が鳴っていた。公園にいた家族連れが帰り仕度をはじめている。だが、雄太にはなにも聞こえず、見えていない。歯を食いしばってハンドルを握り、ペダルを漕いでいる。

負けず嫌いなのは早紀子の血を引いているからだろうか。運動神経はよさそうだし、成長すれば一人前の男になるだろう。

「雄太、続きは明日だ」

おれは声をかけた。雄太は振り返ったが、自転車から降りようとはしなかった。

「まだやる」

「ママが待ってるぞ。具合が悪くて寝てるんだ。帰って頑張れって言ってやらないと」

雄太がうつむいた。帰りたくない自分と戦っている。

「腹も減っただろう。どこかでご飯食べて、ママのところに帰ろう」

「明日も自転車に乗るよ」

「ママと海で遊ぶって約束しただろう？　海に自転車持っていけばいいんだ」

「持っていける？」

「車に積めば大丈夫だ」

子供用の自転車だ。フィットの荷室に積めるだろう。

「じゃあ、帰ろう」

おれが自転車に腕を伸ばすと、雄太は派手に首を振った。

「ぼくの自転車だから、ぼくが押す」

「そうだな。雄太の自転車だもんな」

おれは雄太の頭からヘルメットを外してやった。雄太の髪の毛が汗で濡れていた。

＊　＊　＊

「パパに自転車買ってもらったんだ」

早紀子はソファに座っていた。雄太はソファに向かってすっ飛んでいく。

「ほんと？　三輪車じゃなくて自転車なの？」

早紀子はかなり回復したみたいだった。

「うん。自転車」

早紀子がおれを見た。

「すまねえ。どうしても欲しいって言われて、つい買っちまった」

「ずっと公園で練習してたんだよ」

おれは雄太のヘルメットを食卓に置いた。

「ヘルメットも？」

「怪我させるわけにはいかねえからよ」

なんだか気恥ずかしくて、おれはぶっきらぼうに答えた。

「ありがとう」

「なんで礼なんか言うんだよ。雄太はおれのガキだぞ」

「そうだね」

早紀子は微笑んで、おれから雄太に視線を移した。

「さあ、雄太、お風呂に入ろう。自転車の練習頑張ったんなら、眠いでしょ？」

「ぼく、平気だよ」

雄太は強がったが、瞼が垂れてきていた。

「雄太をお風呂に入れてくるから。冷蔵庫にビール入ってるし、おつまみ欲しかったら、豆腐があるから適当に切って鰹節《かつおぶし》と醤油振りかけて……」

「腹一杯だよ。おれのことはいいから」

早紀子と入れ替わるように、おれはソファに腰を下ろした。早紀子が見ていたのはローカルのニュース番組だった。適当にチャンネルを替え、欠伸をし、鼻をほじった。

肩を揺すられて我に返った。いつの間にかうたた寝していたらしい。

「ベッドで寝なよ」

「今、何時だ？」

「八時。風呂場から出てきたら、変な格好で寝てるんだもん。筋違えたら大変だよ」

「雄太は？」

「爆睡。必死で自転車練習したんだね」

「雄太にはでかすぎるんだよ。まだ三輪車の年なのに」

「でも、ケンイチが買ってあげたんでしょう」

「目をすげえきらきらさせてよ、これが欲しいって言うんだ。だめだとは言えねえよ」

「あんまり甘やかさないでよ」

「自転車の練習は甘やかさなかった」

早紀子が笑った。滑らかな動きでおれに抱きついてきてキスした。

「好き」

「おれも早紀子が好きだ」

おれは言った。他の女には言えない。言ったこともない。だが、早紀子には照れることなく言えた。

「気持ちよくしてあげる。じっとしてて」

早紀子がおれのジーンズとトランクスを降ろした。おれは腰を浮かせて協力しただけで、あとは早紀子のなすがままだった。

早紀子はおれのちんこにキスをした。先っぽに、竿《さお》に、根元に、玉袋に、いたるところに。大切なものをいたわるようなキスだ。その間、早紀子の右手はちんこの根元を優しくしごき、左手は玉袋をさすっていた。おれのちんこは粉々に弾けてしまいそうなほど勃起していた。

「透明なのが出てきた」

早紀子が嬉しそうに言った。ちんこの先っぽから透明な液体が溢れていた。早紀子の舌がそれを丁寧に舐めとっていく。早紀子の両手の動きは止まることがない。口が開く。飲みこんでいく。唇が微妙な力加減で竿を刺激し、舌がイカやタコの足のように蠢《うごめ》く。

溜息が漏れる。全身がちんこになったみたいだった。

「早紀子、だめだ。いっちまいそうだ」

「まだだめ。もっとケンイチのおちんちん可愛がりたいの」

「だけど——」

「頑張って」

おれは歯を食いしばり、左手で右の腕を摑んだ。爪を立てて皮膚に食い込ませる。

ぴちゃぴちゃと音がした。早紀子がわざと音を立てながらしゃぶっている。卑猥《ひわい》な音だった。音が快感に直結することをおれは初めて知った。

早紀子の唇が、舌が、口の中の粘膜が、指がおれのちんこを追い込んでいく。

突然限界が来て、おれは果てた。意思とは無関係にちんこがひくつき、精液が迸る。早紀子はちんこをしゃぶったまま精液を飲んだ。飲み尽くしておれの尿道を吸った。

快感が長く続いた。

早紀子が吸うのをやめると、おれの身体から力が抜けた。おれは空っぽだった。精液だけじゃなくて、魂まで吸い尽くされたみたいだった。

柔らかくなっていくちんこを、早紀子は舐め続けた。子虎の身体を舐める母虎だ。

やがて、早紀子は舐めるのをやめ、ソファに座っておれの首に腕を巻きつけた。

「おっぱい吸って。いつもみたいに、赤ん坊みたいに」

おれは右の乳首を吸った。

「幸せ」

早紀子が言った。

おれも幸せだった。

28

チャーハンとサラダの朝飯を食って、おれたちは出発した。

荷室には雄太の自転車とヘルメット、それに早紀子の作った弁当を積み込んだ。雄太は早く自転車に乗りたくて気が急いているらしい。早く、早くとおれをせっつき、何度も早紀子に叱られた。

朝から陽射しが強烈だった。太陽に炙《あぶ》られた道路の前方が霞んで揺らめいている。もうすぐ、本格的な夏がやって来るのだ。ダッシュボードの温度計は二十六度を表示していた。このまま気温が上がれば、今日は真夏日になる。熱暑の中、ショッキングピンクのフィットは涼しげに町中を駆け抜けていく。

「雄太、自転車に乗る前に、コージローのお墓の前でお祈りしようね」

早紀子が言った。雄太が唇を尖らせた。

「雄太、はい！　はどうした？」

おれが言った。

「はーい」

雄太は身体全体で不服を訴えている。

浩次郎はおれのマブダチだ。雄太はおれのマブダチに元気でやってる？　って言うだけのこともできねえのか」

「だって……」

「そうか。雄太はおれや浩次郎よりも自転車が大事なんだな」

雄太は口を閉じた。

「雄太がそんなに悪い子だとは知らなかった。自転車、返してこようか」

「だめ。ぼくの自転車だもん」

「悪い子は自転車乗れねえんだよ」

「いい子にするから」

「ほんとか？」

おれはルームミラーを睨んだ。雄太はすぐにうなずいた。

「じゃあ、指切りだ」

おれは左腕を後ろに伸ばした。小指を立てる。

「指切り？」

「こうやるのよ、雄太」

早紀子が雄太の手を取った。おれの小指と雄太の小指を絡ませる。

指切りげんまん、嘘ついたら針千本飲ーます——子守歌と同じ、柔らかな歌声が車内に響いた。

「さ、雄太も歌って」

指切りげんまん、嘘ついたら針千本飲ーます
三人の歌声が響いた。雄太が笑った。もう機嫌が直っていた。

対向車の助手席に乗っているやつが、こっちを指差して笑っていた。いつものおれなら瞬時に沸騰して追いかけ回しているところだ。だが、今日は気分がよかった。いや、今日だけじゃない。おれはずっと気分がよかった。多分、明日も明後日も来週も来月も来年も気分がいいのだろう。早紀子と雄太がいるなら、おれは死ぬまで気分がいいままなのだ。

「コージローは天国で幸せかな」

早紀子が言った。

「幸せに決まってる」

おれは言った。

「決まってるんだ」

「こっちにいるときは、幸せなんてものにゃ縁がなかったんだ。天国で幸せじゃなきゃ、踏んだり蹴ったりじゃねえか」

天国にいるなら。地獄に落ちてたら、その時はゆるせ、浩次郎。

「ケンイチも幸せには縁がなかった？」

「ああ」

話が妙な方向に流れている。おれはぶっきらぼうに答えた。

「どうして？」

「おふくろがクズだったからだ」

おれは言った。自分で思っていたより刺々しい声だった。

「コージローも？」

「そうだ。浩次郎のおふくろもクソだった」

「わたしがいなくなったら、雄太も幸せじゃなくなるかな？」

「あたりめえだろう。おまえがいなくなったら、おれも雄太も幸せじゃねえ」

「わたしは幸せな女の子だったよ。父さんも母さんもいて、わたしのこと大事にしてくれて。わたしが風俗嬢になったって知ったら、ふたりともきっと心臓麻痺起こすだろうな」

「おまえはもう風俗嬢じゃねえ」

おれは言った。

「うん」

早紀子がうなずいた。

「おまえはおれの女で、雄太のおふくろだ」

「うん。ありがと、ケンイチ」

ルームミラーに映る早紀子は雄太の頭を撫でている。

「ケンイチの女になれてよかった」

「よせよ、馬鹿。照れるじゃねえか」

「照れてるケンイチ、可愛いよ」

早紀子が笑った。

「ケンイチ、可愛い」

雄太が言った。

「馬鹿野郎。おれのことを呼び捨てにするんじゃねえ」

怒鳴った。雄太の顔が見る間に歪んだ。雄太は大声で泣きはじめた。

「子供にむきになってどうするのよ」

早紀子がおれを睨んだ。久しぶりに見る女虎の目だった。

＊　＊　＊

海は輝いていた。海面に反射する太陽の光が宝石の粒みたいだ。

車を降りると、雄太は海に向かって駆け出した。早紀子がその後を追う。

いつものことながら、海にはだれもいなかった。

おれは荷室から自転車をおろした。メットをバックミラーに引っかける。木陰にレジャーシートを敷いて、適当な石を重石《おもし》にする。弁当と飲み物の入ったクーラーボックスをシートの上に置いた。

雄太は波打ち際で歓声を上げていた。自転車のことはすっかり忘れているらしい。

「雄太、自転車はいいのか」

おれは声を張り上げた。雄太が動きを止めた。

「自転車！」

おれにも負けないような大声で言って、こっちに向かって走ってくる。

「パパ、自転車の練習！」

「その前に、浩次郎に挨拶だ」

「うん」

後からやって来た早紀子と、浩次郎を埋めた場所に移動した。墓の周りの花が増えていた。浩次郎はやっぱり幸せにやっているのだ。なぜだかわからないが、おれには確信があった。

手を合わせ、思い思いに浩次郎に祈りを捧げた。

「よし、雄太。自転車に乗るか」

「うん」

「家、建てに行かなくていいの？」

早紀子が心配そうに言った。

「時間はいくらでもあるんだ。だいじょうぶ。ちょっと雄太に付き合うだけだ」

雄太にヘルメットを被せ、自転車に跨らせた。雄太はすぐにサドルから尻をずらし、立ち漕ぎの姿勢になった。

「ママ、見てて」

威勢よく言ったが、自転車は動かない。公園のアスファルトの上と違って、砂の上じゃ雄太の脚力が足りないのだ。

「行くぞ、雄太」

おれはサドルに手をかけて、ゆっくり押した。

「ほら、ペダル踏め」

おれの力が加わって、自転車はゆっくり進みはじめた。

「ほら、ママ、ほら！」

雄太の朗らかな声が波音を消していく。早紀子が目を細めてそれを見守っていた。手を離す。雄太は懸命にペダルを漕いだが、自転車は止まった。雄太の顔が歪む。

「諦めるな」おれは声をかけた。「思いきり体重をかけてペダルを踏むんだ」

雄太は唇を噛んだ。太股が震えている。

「ハンドルをぎゅっと握るんだよ」

太股の震えが全身に広がっていく。それでも雄太は諦めなかった。

「よし、動くぞ」

ほんのわずかだがタイヤが動いた。

「もう一頑張りだ、雄太」

魔法が解けたとでもいうみたいに雄太の足が動いた。同時にタイヤがまわる。自転車が前に進む。

「やったぞ、雄太」

自転車は一メートルも進まずに止まった。だが、それで充分だった。

「ママ、見た？　自転車動いたよ」

早紀子を見る雄太は誇らしげだった。雄太を見る早紀子も誇らしげだった。

「凄いね、雄太。ほんとに凄い」

「もっと行くぞ、雄太」

おれはまたサドルに手をかけ、自転車に体重をかけた。雄太が慌ててペダルを踏む。自転車が勢いよく前進した。

「いいぞ、雄太、ペダルを漕げ。どんどん漕げ」

おれは自転車と、いや、雄太と一緒に駆けた。補助輪のせいでスピードはあがらない。それでも雄太は嬉しそうだった。

「どうだ、雄太？」

「楽しい」

「自分ひとりで自転車に乗れるようになったらもっと楽しいぞ。頑張れよ」

「うん、頑張る」

さらに自転車を押して走る。雄太が笑っている。嬉しそうに楽しそうに幸せそうに笑っている。

おれはガキの頃、そんなふうに笑ったことはなかった。笑えたためしがなかった。いつもポケットに両手を突っ込んで歯を食いしばり、よそのガキが羨ましくてしかたなくて、そんな自分が惨《みじ》めで情けなくて、いつも涙をこらえていた。

雄太にはそんな思いをさせたくない。惨めなのはおれと浩次郎だけで充分だ。いつでもどんな時でも、雄太には笑っていてもらいたい。

「ありがとう」

風に乗って早紀子の声が聞こえてきた。

「ごめんね」

おれは足を止めた。自転車がよろめきながら進んでいく。雄太が懸命にペダルを漕いでいた。

「なんか言ったか？」

おれは早紀子に向かって叫んだ。早紀子が首を振った。風が早紀子の髪の毛をなびかせている。早紀子は綺麗だった。幸せそうだった。なのに、なぜだかおれには寂しそうにも見えた。

29

「お客さん、思ったより早く水が出そうですよ」

ボーリング業者が嬉しそうに言った。

「マジかよ？」

「ええ。経験上、なんとなくわかるんですよ。ここ、地下水ありますよ」

「そいつは助かる。よろしく頼むぜ」

おれは業者の肩を叩き、辺りを見回した。

「ログハウスの業者は？」

家の近くに車が二台停まっていた。一台はログハウスの業者のものだ。

「あれ？　ついさっきまでここらにいたんですけど……」

「ふうん」

おれは男から離れ、家の周辺をぶらついた。辺りにはなにもないのだ。ログハウスの業者はすぐに見つかった。百メートルほど離れたところで携帯を使っている。

「よう」

声をかけると、業者は慌てた様子で電話を切った。

「あ、どうも。本日はお日柄もよく……」

間の抜けたことを言い、間の抜けた笑みを浮かべる。

「どうした？　変なものでも食ったのかよ」

「い、いえ。そういうわけじゃないんですが……」

様子がおかしかった。

「昨日、電話くれただろう？　なにかあったのか？」

業者は滝のような汗を流していた。なのに、顔色は氷のようだった。

複数のエンジン音が聞こえた。こっちに向かってくる。

「てめえ――」

「昨日、電話したんです。変な人たちがあなたのことを訊きに来たって。でも、奥さんが、放っておけって。それで、わたし……」

エンジン音のする方角に目を向けた。黒い四駆が三台、土埃《つちぼこり》を巻き上げている。

早紀子の顔が脳裏に浮かんで消えた。おれに嘘をついたのだ。

なぜだ？

「くそったれ」

おれは走り出した。早紀子と雄太を逃がさなければ。あいつらを守らなければ。業者たちの車が停まっている。ボーリング業者に詰め寄った。

「車の鍵を貸せ」

「へ？」

「早くしろ」

「そんな、困りますよ。いきなりそんなことを言われても」

おれは業者の顔に拳を容赦なく叩きつけた。

「やかましい。早くよこせ」

血が噴き出る鼻を押さえながら、業者が鍵をよこした。車に乗り込み、エンジンをかける。四駆の軍団が迫っている。思いきりアクセルを踏み込んだ。四駆がケツを振りながら動き出した。

どうしてここがわかったのだろう。決まっている。連中は手がかりになりそうな場所を虱潰《しらみつぶ》しに当たっているのだ。ここは早紀子の生まれ故郷だ。連中はどうにかして早紀子の素性を調べたのだ。

「くそ、くそ、くそっ」

自分の頭の悪さを呪って、おれはステアリングを何度も殴りつけた。拳から血が出ている。痛みは感じない。あるのは怒りと焦りだけだった。

前方に目を凝らした。なにも知らずに雄太が自転車の練習をしているはずだ。早紀子がそれを見守っているはずだ。

だが、ふたりの姿はなかった。ショッキングピンクのフィットが海岸近くの道路を走っている。おれたちの家から遠ざかろうとしている。

「早紀子」

早紀子は知っていたのだ。昨日の業者からの電話で、やつらが近くに迫っていることを察していたのだ。なのに、おれにはなにも言わなかった。

「なんでだ、早紀子」

もう一度ステアリングを殴った。痛かった。拳じゃない。心がひりひりと痛んでいた。痛くて痛くて死んでしまいそうだった。

おれはまた見捨てられたのだ。おふくろに見捨てられ、愛した女、新しく得た家族に見捨てられた。

口に血の味が広がった。いつの間にか唇をきつく嚙んでいた。

「ゆるさねえ」

血と一緒に呪いの言葉を吐きだした。

「ぜってえにゆるさねえ」

早紀子をとっつかまえる。ぶん殴ってやる。ぼこぼこにしてやる。死んだ方がましだと思うぐらい痛めつけてやる。

アクセルを踏む。踏み続ける。視界に映るのはショッキングピンクのフィットだけだ。車がケツを振る。タイヤが悲鳴を上げる。

知ったことか。

おれが乗っているのはレガシィのツーリングワゴンだった。フィットとの距離は確実に詰まっていく。

早紀子の運転は相変わらずだった。余計なところでブレーキを踏み、闇雲《やみくも》にアクセルを踏む。スムーズに走ればいいものを、フィットのスピードを殺しまくっている。

バックミラーを見た。四駆軍団との距離は変わらない。

浩次郎にはかなわない。だが、浩次郎に運転の手ほどきは受けている。プロでもないやつらにはよほどのことがないかぎり追いつかれる恐れはない。

フィットとの距離が詰まっていく。距離が詰まれば詰まるほど、おれの心の痛みは激しくなっていく。

手足をばたつかせ、大声で泣き叫びたかった。ガキのおれならそうしていただろう。だが、年を食ったおれは、泣き叫ぶ代わりに相手を痛めつけるのだ。そうやって生きてきた。他のやり方を学んでいる暇はなかった。

数百メートルはあったフィットとの距離が今では百メートル以内に縮まっていた。目を凝らす。フィットの荷室に自転車はなかった。おれが雄太に買ってやった自転車も打《う》ち棄《す》てられたのだ。

「くそ」

胸が痛い。締めつけられる。馬鹿みたいにでかく強い手で心臓を握りつぶされているみたいだ。

視界がおかしかった。おれは泣いていた。涙が視界を歪めていた。

やっと手に入れた。諦めていたのに手に入った。おれの家族。なのに、今はもうなにもない。

いや、最初からなにもなかったのだ。

おれに抱きついてきた早紀子。おれを好きだと言った早紀子。愛おしそうにおれのちんこをしゃぶった早紀子。みんなでたらめだった。見せかけだった。

おれに殴られないようにするため、おれの金を奪うための芝居だったのだ。

またステアリングを殴ろうとして思いとどまった。

雄太の顔が頭に浮かんだからだ。雄太は違う。早紀子とは違う。あいつは本気でおれのことを好きになっていた。おれのことをパパと呼んでくれた。

雄太だけだ。血は繋がっていないが、あいつだけがおれの唯一の家族なのだ。

早紀子をぶちのめす。それから、雄太と逃げる。最初から雄太はおれの方に懐《なつ》いていたのだ。早紀子がいなくなってもどうってことはない。

「待ってろ、雄太。おれが助けてやるからな」

早紀子は嘘つきだ。おれのおふくろも嘘つきだった。早紀子と一緒にいたら、雄太は不幸になる。おれと似たようなガキになる。

それだけは耐えられない。

フィットとの距離がまた詰まっていた。手を伸ばせば届きそうな距離だ。

「もうおしまいだぞ、早紀子」

おれは叫んだ。それが聞こえたとでもいうように、早紀子が窓から顔を出した。

おれを見る。

「なにやってんだ、馬鹿。事故るだろうが！」

おれはまた叫んだ。早紀子は前を見て、またおれを見る。

早紀子の顔は蒼白だった。頬が震えている。唇が動いている。おれを見る早紀子の目つきは目まぐるしく変化していた。

おれを好きだと言ったときの目。雄太を守ろうとするときの虎の目。

虎の目がおれの心を射貫《いぬ》いた。

痛みが消えた。

目を凝らす。早紀子の唇の動きを読む。

お

ね

が

い

おねがい——早紀子は何度もそう繰り返していた。

「そうか」

おれは呟いた。

「そうか」

何度も呟いた。

「そうかよ」

おれを好きだと言った早紀子の気持ちは本物だ。自転車の練習をする雄太とおれを幸せそうに見つめていた早紀子の顔つきも本物だ。

おれに惚れた雄太の母親。

早紀子は女である前に母親なのだ。だから、おれより雄太を選ぶ。虎の目をして雄太を守る。おれを含めた三人で逃げるより、おれを餌にしてふたりで逃げた方が確実だ。だから、おれを捨てる。雄太とふたりで逃げる。

「そうだよな」

業者からの電話で連中がおれたちのことを嗅ぎつけたことに気づきながらおれには黙っていた。雄太とふたりで逃げるためだ。

腹をくってから、おれのちんこを愛情たっぷりにしゃぶった。おれにおっぱいを吸わせた。おれにさよならを言うためだ。

今日だって、具合が悪いとでもなんとでも言いつくろって家にいればよかったのだ。そうすれば、危険を冒すことなく金を持って雄太と逃げることができた。

それをしなかったのはおれへの思いがあったからだ。おれは早紀子と雄太の家族なのだ。

おれは車の窓を開けた。顔を出す。

「行け！」叫んだ。「おれはいいから、行け。雄太を守れ。雄太を幸せにしろ」

そうだ。雄太をおれみたいなガキにするな。それを約束してくれるなら、おまえのことはすべてゆるす。

雄太を幸せに。雄太と幸せに。約束しろ、早紀子。

フィットのリアウィンドウ越しに雄太が見えた。おれに向けて手を振り上げている。その顔はくしゃくしゃに歪んでいる。

声は聞こえない。でも、おれにはわかる。

パパ、パパ、パパ——雄太はそう叫んでいる。おれを求めている。

それだけで充分だ。おれは家族を手に入れた。一緒にいることができなくたって、家族は家族だ。おれと早紀子、雄太の魂はそれぞれがどこにいようと繋がっている。

「行け！」

もう一度叫び、おれはサイドブレーキのレバーを引き上げた。同時にステアリングを切る。タイヤがグリップを失い、悲鳴を上げる。レガシィがスピンする。半回転したところでブレーキを戻した。ステアリングをしっかり固定し、アクセルを踏んだ。

四駆の軍団は一列になっておれを追っていた。先頭の四駆が車線を変えてレガシィを避けようとした。

「逃がすかよ」

ステアリングを切る。レガシィをスライドさせる。レガシィの鼻面が先頭の四駆の脇腹に当たった。エアバッグが開いた。四駆が横倒しになるのが見える。すぐに次の衝撃が来た。二台目の四駆がレガシィに衝突したのだ。レガシィがスピンしはじめた。また衝撃が来たが、なにがどうなったのかはわからなかった。頭がくらくらする。

レガシィの動きが止まった。おれは外に出た。フィットは遠ざかっている。もう、豆粒ほどの大きさにしか見えない。レガシィの周りで、三台の四駆が停まっていた。横倒しになったやつ。フロントがひしゃげたやつ。ボンネットから煙を噴き上げているやつ。

どいつもこいつも、おれを追いかけるのに夢中で、反撃されるとは夢にも思っていなかったのだ。

歩き出そうとして足がよろけた。まだ頭がくらくらする。時折、視界が霞んだ。汗が出ていると思って額を手でこすった。汗じゃなく、血が流れていた。どこかにぶつけたらしい。

すぐに逃げ出すべきだったが、身体が思うように動いてくれなかった。

四駆から男たちが出てきた。みんな、おれ同様よれよれだった。三台目——ボンネットから煙を上げている四駆に乗っていた男たちが比較的元気なようだった。

「脇田！」

男たちの中のひとりが叫んだ。

「なんだ？」

「金はどこだ」

「知るか。知ってても、てめえらに教えるかよ」

男たちがおれを囲むように近寄ってくる。まだ頭がくらくらする。おれは自分の拳で頬を殴った。少しはましになった。

早紀子たちのために少しでも時間を稼がなきゃならない。弱音を吐いている暇はない。

ジーンズのポケットに手を突っ込んだ。ジッポのライター。きつく握った。

「来いや、こら！」

ひとりがおれに向かって突っ込んできた。ジッポを握った拳を叩きつけてやる。足がふらついた。踏ん張った。頭がくらくらする。早紀子と雄太の顔を思い浮かべた。

しゃきっとしたような気がした。

ふたりが一緒に躍りかかってきた。右のやつをジッポ入りの拳で殴り、左のやつの土手っ腹に蹴りを入れた。鉄板入りのスニーカーはきっちり仕事をしてくれる。

視界の隅でなにかが光った。だれかがドスを抜いていた。

「んなら」

ドスに向かって踏み込む。死んでもかまわねえ。そう思っているから、躊躇うこともない。ジッポの右、空の左。両方の拳を振り回す。男たちがたじろいだ。一歩、二歩と後ろへ下がる。

今時のヤクザなんてそんなもんだ。度胸もやる気もねえ。おれにかなうはずがねえ。

おれは家族持ちなのだ。夫で父親なのだ。おれは無敵だ。

ぱこん、と乾いた音が耳元でした。振り返る。見たこともねえやつが、スパナみたいなものを握っていた。

「あ？」

男を睨もうとして、おれは顔をしかめた。うなじの辺りが激しく痛む。スパナで不意打ちを食らったのだとやっと気づいた。

「てめえ」

叫んだつもりだったが、くぐもった声が出ただけだった。男がスパナを振り上げた。避けようとしたが身体が動かない。

もう一度スパナで殴られて、おれの意識はどこかに飛んでいった。

＊＊

「金はどこだ?」

声が響く。どこかの倉庫だろう。生臭い匂いがする。両腕を押さえこまれていた。目の前の男がおれを殴り、蹴る。

「金はどこだって訊いてるんだよ」

もう早紀子は金を回収しただろうか。雄太を連れて仙台を離れただろうか。

早紀子、早紀子、なんでもいいから、あのショッキングピンクのフィットは捨てろ。あんなものに乗っていたら、すぐに見つかっちまう。

車はやめろ。おまえの運転じゃ危なっかしい。雄太がいるんだ。車は運転するな。新幹線に乗れ。どこか遠くまで移動したら飛行機に乗るんだ。

「聞いてんのか、こら」

殴られ、蹴られる。おれは血の塊を吐いた。

だれにも見つからない遠くへ行け。そして、家を建てろ。おれたちの家だ。家族の家だ。雄太の笑い声が響き、早紀子の作る食事の匂いが充満する。おれは名取にそんな家を建てたかった。だから、おれの代わりに頼む、早紀子。

「海に沈めちまうぞ。それでもいいのか？」

おれは笑った。海に沈める？　そんなちんけな脅し文句が効くと本気で思っているのだろうか。

おれは父親で夫なんだ。家族持ちなんだ。わかってんのか、こら。

「おい。どっかからバーナー持って来い。こいつを炙ってやる」

なにも怖くなかった。痛みもどこか他人事だ。早紀子と雄太のことを考えるだけで幸せになれる。幸せは痛みを覆い隠してくれる。

早紀子、おれを受け入れてくれてありがとう。

雄太、おれを父親と認めてくれてありがとう。

早紀子、雄太、おれの家族になってくれてありがとう。

浩次郎、見てるか？　おれ、イケてるだろう？　家族のために、愛する者たちのためにくたばるんだ。

こんな立派な死に方ができるなんて、想像したことあったか？

おれだけで悪いな。いつか、おまえも家族を持てるさ。だから、待ってろ。

青白い炎が近づいてくる。凄まじい熱気が皮膚をちりちりと焼く。

「マジで焼くぞ、おい。金はどこだ？」

「知らねえよ」

おれは笑いながら言う。目を閉じる。おれの家族に思いを馳せる。

早紀子が虎の目をして雄太を守っているのが見える。

本書は、二〇一四年一月に小社より刊行されました。

|著者| 馳 星周　1965年、北海道生まれ。横浜市立大学卒業。'96年に書き下ろし長編『不夜城』でデビュー、翌年同作で第18回吉川英治文学新人賞を受賞。'98年『鎮魂歌——不夜城Ⅱ』で第51回日本推理作家協会賞長編部門、'99年『漂流街』で第1回大藪春彦賞、2020年『少年と犬』で第163回直木賞を受賞。著書は『夜光虫』『M』『ダーク・ムーン』『生誕祭』『沈黙の森』『約束の地で』『アンタッチャブル』など多数。『神奈備』などの山岳小説のほか、『走ろうぜ、マージ』『雨降る森の犬』など犬を描いた作品も多い。

ラフ・アンド・タフ

馳《はせ》 星周《せいしゅう》

2016年12月15日第1刷発行
2020年8月3日第4刷発行

発行者——渡瀬昌彦
発行所——株式会社　講談社
東京都文京区音羽2-12-21　〒112-8001
電話　出版（03）5395-3510
　　　販売（03）5395-5817
　　　業務（03）5395-3615

Printed in Japan

講談社文庫
定価はカバーに表示してあります

デザイン—菊地信義
本文データ制作—講談社デジタル製作
印刷———豊国印刷株式会社
製本———株式会社国宝社

ISBN978-4-06-293436-7

講談社文庫刊行の辞

二十一世紀の到来を目睫に望みながら、われわれはいま、人類史上かつて例を見ない巨大な転換期をむかえようとしている。

世界も、日本も、激動の予兆に対する期待とおののきを内に蔵して、未知の時代に歩み入ろうとしている。このときにあたり、創業の人野間清治の「ナショナル・エデュケイター」への志を現代に甦らせようと意図して、われわれはここに古今の文芸作品はいうまでもなく、ひろく人文・社会・自然の諸科学から東西の名著を網羅する、新しい綜合文庫の発刊を決意した。

激動の転換期はまた断絶の時代である。われわれは戦後二十五年間の出版文化のありかたへの深い反省をこめて、この断絶の時代にあえて人間的な持続を求めようとする。いたずらに浮薄な商業主義のあだ花を追い求めることなく、長期にわたって良書に生命をあたえようとつとめるところにしか、今後の出版文化の真の繁栄はあり得ないと信じるからである。

同時にわれわれはこの綜合文庫の刊行を通じて、人文・社会・自然の諸科学が、結局人間の学にほかならないことを立証しようと願っている。かつて知識とは、「汝自身を知る」ことにつきていた。現代社会の瑣末な情報の氾濫のなかから、力強い知識の源泉を掘り起し、技術文明のただなかに、生きた人間の姿を復活させること。それこそわれわれの切なる希求である。

われわれは権威に盲従せず、俗流に媚びることなく、渾然一体となって日本の「草の根」をかたちづくる若く新しい世代の人々に、心をこめてこの新しい綜合文庫をおくり届けたい。それは知識の泉であるとともに感受性のふるさとであり、もっとも有機的に組織され、社会に開かれた万人のための大学をめざしている。大方の支援と協力を衷心より切望してやまない。

一九七一年七月

野間省一

畠中　恵　アイスクリン強し
畠中　恵　若様組まいる
畠中　恵　若様とロマン
葉室　麟　風渡る
葉室　麟　風の軍師〈黒田官兵衛〉
葉室　麟　星火瞬く
葉室　麟　陽炎《かげろう》の門
葉室　麟　紫匂う
葉室　麟　山月庵茶会記
葉室　麟　津軽双花
長谷川　卓　獄《がく》神《じん》〈上・白銀《しろがね》渡り〉〈下・湖底の黄金〉
長谷川　卓　獄《がく》神《じん》伝《でん》　無坂《むさか》(上)(下)
長谷川　卓　獄《がく》神《じん》伝《でん》　孤猿《こえん》(上)(下)
長谷川　卓　獄《がく》神《じん》伝《でん》　鬼哭《きこく》(上)(下)
長谷川　卓　獄神列伝　逆渡《さかわた》り
長谷川　卓　獄《がく》神《じん》伝《でん》　血路
長谷川　卓　獄《がく》神《じん》伝《でん》　死地
長谷川　卓　獄神伝　風花(上)(下)
幡　大介　股旅探偵　上州呪い村

原田マハ　夏を喪くす
原田マハ　風のマジム
原田マハ　あなたは、誰かの大切な人
羽田圭介　「ワタクシハ」
羽田圭介　コンテクスト・オブ・ザ・デッド
花房観音　女坂
花房観音　指人形
花房観音　恋塚
畑野智美　海の見える街
畑野智美　南部芸能事務所
畑野智美　南部芸能事務所 season2 メリーランド
畑野智美　南部芸能事務所 season3 春の嵐
畑野智美　南部芸能事務所 season4 オーディション
畑野智美　南部芸能事務所 season5 コンビ
早見和真　東京ドーン
はあちゅう　半径5メートルの野望
はあちゅう　通りすがりのあなた
早坂　吝《やぶさか》　○○○○○○○○殺人事件
早坂　吝　虹の歯ブラシ〈上木《かみき》らいち発散〉

早坂　吝　誰も僕を裁けない
早坂　吝　双《そう》蛇《じゃ》密室
浜口倫太郎　22年目の告白〈―私が殺人犯です―〉
浜口倫太郎　廃校先生
浜口倫太郎　シンマイ！
浜口倫太郎　AI崩壊
原田伊織　明治維新という過ち〈日本を滅ぼした吉田松陰と長州テロリスト〉
原田伊織　列強の侵略を防いだ幕臣たち〈続・明治維新という過ち〉
原田伊織　〈明治維新という過ち・完結編〉虚像の西郷隆盛　虚構の明治150年
原田伊織　三流の維新　一流の江戸〈明治は「徳川近代」の模倣に過ぎない〉
萩原はるな　50回目のファーストキス
葉《は》真《ま》中《なか》顕《あき》　ブラック・ドッグ
平岩弓枝　花嫁の日
平岩弓枝　花祭
平岩弓枝　青の伝説
平岩弓枝　はやぶさ新八御用旅(一)〈東海道五十三次〉
平岩弓枝　はやぶさ新八御用旅(二)〈中仙道六十九次〉
平岩弓枝　はやぶさ新八御用旅(三)〈日光例幣使道の殺人〉
平岩弓枝　はやぶさ新八御用旅(四)〈北前船の事件〉

講談社文庫 目録

宮子あずさ　ナースコール
宮本昌孝　家康、死す(上)(下)
三津田信三　忌《い》館《かん》〈ホラー作家の棲む家〉
三津田信三　作者不詳〈ミステリ作家の読む本〉(上)(下)
三津田信三　蛇《じゃ》棺《かん》葬《そう》
三津田信三　百《ひゃく》蛇《じゃ》堂《どう》〈怪談作家の語る話〉
三津田信三　厭魅《まじもの》の如き憑くもの
三津田信三　凶鳥《まがとり》の如き忌むもの
三津田信三　首無《くびなし》の如き祟るもの
三津田信三　山魔《やまんま》の如き嗤《わら》うもの
三津田信三　水魑《みづち》の如き沈むもの
三津田信三　密室《ひめむろ》の如き籠《こも》るもの
三津田信三　生霊《いきだま》の如き重《だぶ》るもの
三津田信三　幽女《ゆうじょ》の如き怨むもの
三津田信三　シェルター　終末の殺人
三津田信三　ついてくるもの
三津田信三　誰かの家
宮田珠己　ふしぎ盆栽ホンノンボ
道尾秀介　カラスの親指〈by rule of CROW's thumb〉
道尾秀介　水の柩
深木《みき》章子《あきこ》　鬼畜の家
深木章子　螺《ら》旋《せん》の底
湊かなえ　リバース
宮内悠介　彼女がエスパーだったころ
宮乃崎《みやのさき》桜子《さくらこ》　綺《き》羅《ら》の皇《ひめ》女《みこ》(1)
宮乃崎桜子　綺羅の皇女(2)
村上　龍　海の向こうで戦争が始まる
村上　龍　走れ！タカハシ
村上　龍　愛と幻想のファシズム(上)(下)
村上　龍　音楽の海岸
村上　龍　村上龍料理小説集
村上　龍　村上龍映画小説集
村上　龍　新装版　限りなく透明に近いブルー
村上　龍　新装版　コインロッカー・ベイビーズ
村上　龍　歌うクジラ(上)(下)
向田邦子　新装版　眠る盃
向田邦子　新装版　夜中の薔薇
村上春樹　風の歌を聴け
村上春樹　1973年のピンボール
村上春樹　羊をめぐる冒険(上)(下)
村上春樹　カンガルー日和
村上春樹　回転木馬のデッド・ヒート
村上春樹　ノルウェイの森(上)(下)
村上春樹　ダンス・ダンス・ダンス(上)(下)
村上春樹　遠い太鼓
村上春樹　国境の南、太陽の西
村上春樹　やがて哀しき外国語
村上春樹　アンダーグラウンド
村上春樹　スプートニクの恋人
村上春樹　アフターダーク
村上春樹／佐々木マキ絵　羊男のクリスマス
村上春樹／佐々木マキ絵　ふしぎな図書館
村上春樹／糸井重里　夢で会いましょう
村上春樹・文／安西水丸・絵　ふわふわ
U・K・ル＝グウィン／村上春樹訳　空飛び猫
U・K・ル＝グウィン／村上春樹訳　帰ってきた空飛び猫
村上春樹訳　素晴らしいアレキサンダーと、空飛び猫たち

講談社文庫　目録

U・K・ル＝グウィン 村上春樹 訳　空を駆けるジェーン
T・ファリッシュ著 B・ルート絵 村上春樹 訳　ポテト・スープが大好きな猫
群ようこ　いいわけ劇場
村山由佳　永遠。
村山由佳　天翔る
睦月影郎　新・平成好色一代男 隣人と。女子アナと。
睦月影郎　密通妻
睦月影郎　卒業一九七四年
睦月影郎　初夏一九七四年
睦月影郎　快楽のグルメ
睦月影郎　快楽のリベンジ
睦月影郎　快楽ハラスメント
睦月影郎　快楽アクアリウム
向井万起男　渡る世間は「数字」だらけ
村田沙耶香　授乳
村田沙耶香　マウス
村田沙耶香　星が吸う水
村田沙耶香　殺人出産
村瀬秀信　気がつけばチェーン店ばかりでメシを食べている

室積光　ツボ押しの達人
室積光　ツボ押しの達人 下山編
森村誠一　悪道
森村誠一　悪道 西国謀反
森村誠一　悪道 御三家の刺客
森村誠一　悪道 五右衛門の復讐
森村誠一　悪道 最後の密命
森村誠一　棟居刑事の復讐
森村誠一　日蝕の断層
森村誠一　ねこの証明
毛利恒之　月光の夏
森博嗣　すべてがFになる〈THE PERFECT INSIDER〉
森博嗣　冷たい密室と博士たち〈DOCTORS IN ISOLATED ROOM〉
森博嗣　笑わない数学者〈MATHEMATICAL GOODBYE〉
森博嗣　詩的私的ジャック〈JACK THE POETICAL PRIVATE〉
森博嗣　封印再度〈WHO INSIDE〉
森博嗣　幻惑の死と使途〈ILLUSION ACTS LIKE MAGIC〉
森博嗣　夏のレプリカ〈REPLACEABLE SUMMER〉
森博嗣　今はもうない〈SWITCH BACK〉

森博嗣　数奇にして模型〈NUMERICAL MODELS〉
森博嗣　有限と微小のパン〈THE PERFECT OUTSIDER〉
森博嗣　黒猫の三角〈Delta in the Darkness〉
森博嗣　人形式モナリザ〈Shape of Things Human〉
森博嗣　月は幽咽のデバイス〈The Sound Walks When the Moon Talks〉
森博嗣　夢・出逢い・魔性〈You May Die in My Show〉
森博嗣　魔剣天翔〈Cockpit on knife Edge〉
森博嗣　恋恋蓮歩の演習〈A Sea of Deceits〉
森博嗣　六人の超音波科学者〈Six Supersonic Scientists〉
森博嗣　捩れ屋敷の利鈍〈The Riddle in Torsional Nest〉
森博嗣　朽ちる散る落ちる〈Rot off and Drop away〉
森博嗣　赤緑黒白〈Red Green Black and White〉
森博嗣　四季 春～冬
森博嗣　φ《ファイ》は壊れたね〈PATH CONNECTED φ BROKE〉
森博嗣　θ《シータ》は遊んでくれたよ〈ANOTHER PLAYMATE θ〉
森博嗣　τ《タウ》になるまで待って〈PLEASE STAY UNTIL τ〉
森博嗣　ε《イプシロン》に誓って〈SWEARING ON SOLEMN ε〉
森博嗣　λ《ラムダ》に歯がない〈λ HAS NO TEETH〉
森博嗣　η《イータ》なのに夢のよう〈DREAMILY IN SPITE OF η〉

2020年6月15日現在